何秒、何分、何時間。
時間感覚はなく、魔術陣の上で一人……
祈りも願いも唱えない。
己の魔力が奪い取られる不思議な感じと
心臓の音だけが生きている証。
聖女ナ
JN014824

「――〝吹け、一陣の風〟」
ジークフリード
（ジーク）

両手を前に出して起動詠唱を
兼ねた基礎魔術を
行使すると、背中から風が吹き
髪を激しく揺らす。
――一歩。
「――〝かの者たちの追い風となれ〟」
段階を踏んで、次となる中級の補助魔術を発動。
先を行くジークとリンの走る速度が更に上がる。
――また一歩。
ジークリンデ
（リン）

CONTENTS

行雲流水
Ryusui Kouun
Illust. 桜イオン
魔力量歴代最強な
転生聖女さまの学園生活は
波乱に満ち溢れているようです
〜王子さまに悪役令嬢とヒロインぽい子たちがいるけれど、ここは乙女ゲー世界ですか?〜

プロローグ

アルバトロス王国王立学院に入学して二ヶ月が経ち、学院が主催している建国を祝うパーティーが開かれていた。多くの生徒が参加しており、私も幼馴染と一緒にパーティーの雰囲気を楽しんでいると動くなにかが視界に映る。

「ソフィーア・ハイゼンベルグ!! これまでは見逃してきたが、アリス・メッサリナへの蛮行は許しがたいものだ！ 俺はこれを理由に、貴様との婚約破棄を宣言するっ！」

突然、男子生徒の大音声が耳に届き、声が聞こえた壇上に顔を向けた。叫んだ男子生徒を目にした人たちは口を閉じ、騒がしい会場が静まり返って妙な空気が流れる。彼に名指しで呼ばれた方は背筋を伸ばし、壇上の彼に真っ直ぐ視線を向けて見据えていた。

——何故、こんなことに？

理解が追い付かない頭でいろいろと考えてみる。どうして祝いの場で婚約破棄を宣言したのか、どうして壇上の男子生徒に誰もなにも言わないのか。でも私は当事者でも関係者でもないのだから、頭を悩ませても仕方ない。

『なんつーセレブリティークソガキムーブ』

随分と懐かしい声が脳裏に浮かぶ。かつてクラスメイトの男子が、良家の子女が通う女子校を舞台にした文庫本を流し読みして口走った言葉だ。舞台となった作品の物語や登場人物の立場と、現在進行形で繰り広げられていることや置かれた立場とを比べても同じ状況だとは言い難い……が。

静かに状況を見守る野次馬の中の一人として、もう一度、名を呼ばれた女子生徒の背を見れば、細く長い腕の先にある手が小さく震えているのが見えてしまった。記憶の底から蘇(よみがえ)ったクラスメイトの言葉がしっくりくるなと、私は意を決し一歩踏み出した。

第一章 ▼ 転生のち聖女

若くして死に、生まれ変わった。転生した先は、王都にある貧民街の孤児だった。

――死ねば無に還るだけ。

そう考えていたのに、目の前にある現実は酷かった。現代社会の日本と全く違う環境は、苦難の連続だ。頼るべき親もおらず、ご飯にありつけない日がザラにある。お風呂もトイレもなく、不衛生。寒さに凍えて死にそうになることもあった。前世の記憶と知識が備わっていても、小さな子供でしかない私にはハードモード。貧民街という特殊なコミュニティーの中、孤児仲間で徒党を組んで盗みやスリを働き、苦労して手に入れた食べ物を大人に奪われたこともある。日本ではあり得ない日々を過ごしながら、十歳を迎えた頃に転機が訪れた。

王都の街と貧民区域を隔てている唯一の通りを、武装した兵士たちが道を塞いだ。きょろきょろと厳しい視線を放ちながらぞろぞろと進み、少し広くなった場所で立ち止まる。

「黒髪黒目の女の子供がいるはずだ！　調べはついている、出せ！」

周囲に届くように張った声は、物陰に身を隠している私たちにも聞こえた。兵士の言葉に私が当てはまると、どこか他人事のように考えていれば仲間の視線が刺さる。

貧民街に兵士が現れるのは、罪を犯した者を捕らえる時だけ。幼い子供でも容赦なく連行されるため、仲間のみんなで建物の陰に隠れていたのだが、彼らの標的は私だった。

――『出てこい』ではなく『出せ』か。

貧民街で黒髪黒目は私しかいないし、街の中でも見たことがない。この街、王都に住む人たちは、約半数がブロンド系で残りは茶や赤、紫色や青に緑髪の人たちもいて、初めて見た時は驚いたものである。瞳の色も様々で、前世ではあまり見ない……テレビの中ですら見たことがない色彩の人がいるけれど、前世で当たり前だった黒髪黒目は珍しい。

「……ナイのことだ。どうする？」

私に声を掛けたのは、ここ数年の付き合いである双子の兄のジークフリード。ジークは短く切られた赤毛をガシガシと右手で掻いたあと、整った顔を歪ませながら真剣に問うてきた。彼の紫色の瞳には心配の文字が浮かんでいる。

私には名前が付けられておらず、適当に『ナイ』と名乗っていた。生まれ変わる前の名はこの街だと特徴的で使えない。無難なところをと考えていたが、生まれ変わった先の文化や情勢を知らず、地域に馴染む名前も分からない。もちろん立派な家名も付いていない。

「ずっと隠れていても仕方ないし、行くよ」

苦笑いをしながらジークの言葉に答えた。兵士たちに気取られないまま逃げることもできるけど、逃げた後を考えると頭を抱えたくなる。兵士の指示に従わないと、強制的に家探しが始まってしまう。以前、罪を犯した貧民街の住人を捕まえにきた時は大変だった。犯人が逃げてしらみつぶしに家探しが行われ、目的の人物が見つからないことに腹を立てた兵士が、家を荒らしたまま帰って行ったのだ。もちろん探しにくる兵士にもよるが、貧民を丁寧に扱う人は少ない。

「……行っちゃ駄目」

ジークリンデが小さく呟いて、私が着ているぼろぼろな服の裾を引っ張った。ジークの双子の妹で、私は彼女のことをリンと呼んでいる。彼女は行くなと涙目で私に訴えた。周りにいる他の仲間も無言で行くなと訴えているけれど、このままでは駄目なことは誰が見ても明らかで。

「リン……。出ていかないと大変なことになるし、逃げても失敗するからね」

十歳程度の子供が逃げてもたかが知れている。お金も頼る人もいないので、王都出入り口の外門にすら辿り着けない可能性だってあるのだ。私が逃げれば、いつもつるんでいる彼ら彼女らも一緒についてくるから、少し先の未来を考えるのは簡単だった。

私一人の犠牲で済むなら安いもの。運が良ければ、また貧民街に戻れるだろう。これ以上不安にさせないように笑い、裾を握っているリンの手に自身の手を伸ばして放すように促した。

「ジーク、みんなをお願い」

「分かった。——ナイ、戻ってこいよ」

ジークは今まで見たことのない真剣な表情で私へ言葉を投げた。大人に媚を売ることができなか

った仲間と共に徒党を組んで生活している。私は同年代の子より小柄で力仕事には向いておらず、頭脳労働を得意とし自然と孤児仲間のリーダー格に納まっていた。

生き延びるため、目的を達成する方法をいくつも考えて、一番安全で成功率が高いモノを選べ。短絡的な行動を起こすなと何度も伝えてきた。今の彼らであれば私がいなくても、ジークとリンも……他の子たちも、きっと大丈夫。

「ん」

こくりと頷き、彼への返事代わりとした。貧民街に住む者が、街の治安を司る兵士に捕まり戻ってくることは滅多にない。戻ってきても、ボコボコにされて暫く身動きが取れないほどに痛めつけられていた。子供だから酷いことにはならないはずだが、最悪の場合は死ぬことも覚悟しておかないと。

隠れていた場所からワザと物音を立てて姿を現せば、一斉に兵士の視線が刺さる。今日は雲一つない青天。貧民街にぽっかりと空いた小さな広場には遮るものはなく、眩しさに目を細めながら、少しだけ装備が違う大柄な中年男性の下へ進み出る。彼の周りにいた兵士数名が私を捕らえようと手を伸ばしてきた。

「待て。乱暴はするなと命じられているだろう」

「ですが隊長、逃げられては困ります」

貧民街の子供は兵士を見ると静かに距離を取って隠れるのが常だ。逃げないように、私を捕えようとした方の判断は正しい。この場から逃げてしまいたいが、覚悟は決まっていた。

「おとなしく出てきたからな。逃げやしねーよ、このお嬢ちゃんは。多分……な」

隊長と呼ばれた方は、ふうと浅い息を零（こぼ）しながら私に近づき隣に立つ。彼は黙ったまま動かず何事だろうと顔を見上げると、嫌そうな顔をありありと浮かべて私を見下ろす。

「うおっ、くっせっ！　お前、かなり臭（にお）うぞ」

うっさいやい。大きなお世話だ。よろしくない環境のせいで、水浴びや清拭（せいしき）もできないから臭うのは当然である。隊長さんは鼻を摘（つま）んで嫌な顔をしながら、装備していた槍（やり）の石突で私の肩を押し距離を取れと暗に伝えた。

「隊長、子供相手に酷いっス」

一番若手であろう青年が、隊長さんと私のやり取りをみかねて苦言を呈（てい）す。気を使ってもらって申し訳ないが、隊長さんの言う通りである。

「んなっ、物凄（ものすご）く臭いんだぞ、コイツ！　お前も嗅（か）いでみろ」

隊長さんの言葉に従った青年が私に近づき、膝（ひざ）に手をついて腰を曲げてすんすんと鼻を鳴らした。

「……っ！　げほっ、げほっ!!」

青年は私の臭いを嗅いで、見事に咳（せ）き込んだのだった。ごめんなさいと心の中で謝るけれど、環境のせいなので許してほしい。

「ほら見ろ。さあ、行くぞ。悪いようにはせん、俺たちについてこい」

隊長さんの言葉に頷いて兵士たちに連れてこられたのは、街で一番大きい教会だった。時折、炊き出しを催しているので、お世話になったことがある。正面の大きな扉を兵士と一緒に通り抜けていると、ゆっくりと扉が閉まる音が静かなホールに響く。信徒席が左右に分かれて設置され、正面には主祭壇、祭壇周囲の窓には立派なステンドグラスが施されている。聞いた話によると、教会に関わりの深い情景を表しているとか。

「よくきてくれたね。………まずは身を清めようか」

祭壇には白髪に長い髭を蓄えた神職っぽい服に身を包んだ男性が立ち、私をにこやかに迎え入れた。が、数秒後には顔を顰め、目的よりも先に私を身綺麗にすることを望んだ。

間接的に臭いと言われたことにショックを受けていると、しずしずと現れたシスターたちに地下へと案内され水浴びを促される。できれば洗髪剤を使って髪も洗いたかったが、贅沢は言えない身。体を布で擦っただけでも数年間分の垢がごっそり取れ、随分とさっぱりした。ふと視線を感じてシスターを見れば、痩せ細っている私に同情の視線を向けている。水浴びを終え与えられた中古の子供服を着てシスターと一緒に主祭壇へ戻ると、先程の男性が水晶玉を携えていた。笑みを浮かべた男性に手招きされ、私はシスターに軽く背を押され彼の下へ歩いて行く。

「これに手を翳してみてくれるかな?」

「……」

意味も分からず彼に言われるまま手を翳すと、綺麗な水晶玉が光り輝いた。手を翳す私を見ていた兵士やシスターが、驚いた顔を浮かべて声を上げる。

「おおっ!」

「これは……凄いっ!」

私は状況を摑めず、目を白黒させていた。驚いていないで状況を説明してほしい。水晶玉から発せられる光が凄く眩しくて、目が変になってしまいそうだ。周囲が歓喜に沸く中、水晶玉に変化が訪れる。

「あ……!」

割れた。割れたのだ、水晶玉がものの見事に。私が一生をかけても弁償できそうにない正体不明の水晶玉が……。ヒビが入ると一瞬だった。一筋の亀裂が幾重にも分かれて最後に悲鳴のような音が鳴り、主祭壇を照らしていた光が消える。私の背に冷や汗が流れ、顔が引き攣っているのが分かった。

「素晴らしい! 長く神父として務めてきたが、測定器が眩いばかりに光り輝くのも、壊れてしまうのも初めてだ!」

どうやら男性は神父さまで、機嫌良く私へ告げた。なにが素晴らしい、だ。私の人生を賭しても弁償できないような物が壊れてしまったのに。子供に返済義務はないはずだが、教会の備品を壊した責任はあるだろう。なにかしらの無償奉仕で済めば良いけれど、どうなるのか。

「よくいらしてくださいました。聖女候補さま」

テンションの高い神父さまは真顔に戻り、深々と頭を下げる。周りにいるシスターも頭を下げて、兵士は胸に手を当てて礼を執る。私は事情を呑み込めないまま、十歳の子供に大人が頭を下げる異様な光景を静かに見ているだけだった。

――四年後。

貧民街で兵士に捕まり教会へ連行されて魔力測定を受け、凄くお高そうな水晶玉――汎用品で高いものではなかった――を破壊し、聖女候補として修業を積む日々が過ぎた。私は十四歳となり、成人を迎える十八歳まであと四年。王城の一角、大きな窓のある部屋で一人、静かに佇んでいた。

体の中の魔力が消失していく。

何秒、何分、何時間。時間感覚はなく、魔術陣の上で一人……祈りも願いも唱えない。己の魔力が奪い取られる不思議な感じと心臓の音だけが生きている証。

本来であれば魔術詠唱が必要となるが、前に一節を忘れて唱えられなくなった。その時、詠唱をしなくても自身の魔力が魔術陣へ吸い込まれていることに気が付き、それ以降は最初の一節、魔術陣を起動する詠唱だけで済ませている。バレたら大問題になるが、部屋には聖女一人しか入れないので誰も知ることはない。バレなければ不正じゃないと無駄なことを考えていれば、魔術陣から光が消え魔力補填の終わりを告げた。

「疲れた……お腹空いた」

一人、魔術陣の上で呟く。アルバトロス王国を護るために展開されている障壁は、魔術師たちの知恵と技術をたらふく詰め込んで開発されたと聞いている。城の魔術陣とは三年半の付き合いだ。貧民街の孤児から聖女候補として教会に救い上げられ、適性と魔力量が十分に備わっていた私は聖女候補から聖女へ格上げされた。最初の頃は慣れずに不満を漏(も)らしていたけれど、三年以上務めを果たしていれば慣れた作業と化している。

「眠い」

役目を終えると、疲れと空腹と眠気が襲ってくる。大量の魔力を消費した結果だが、誰もいない部屋で倒れると助けてくれる人がいない。さっさと教会宿舎に戻り、ご飯とお風呂を済ませてベッドにダイブするのが、魔術陣へ魔力提供した際の定番だ。資格のある者だけに開く扉を押して歩を進め小さく息を吐く。

「お疲れ」

「ナイ、お疲れさま」

廊下に出て直(す)ぐ、聞き慣れた声に呼ばれた。白い詰襟(つめえり)の教会騎士服に身を包み、素晴らしく顔が整った男女に出迎えられた。二人とも背が高く、地味な黒髪黒目と違い赤髪紫眼。アルバトロス王国の住人は背が高く整った顔の人が多い。特にお貴族さまやお金持ちの人には顕著(けんちょ)だった。目の保養には良いが、平均顔で低身長の私からすれば羨(うらや)ましい限りである。随分と待たせてしまった護衛の二人の顔を見上げた。

「ジーク、リン。ごめん、遅くなったね」

ジークとリンは聖女となった私の護衛を務めてくれている。彼と彼女が教会騎士の職に就けたのは、身体能力が高かったから。私の専属護衛にならなくても他の聖女さまの護衛に就くことだってできるし、筆頭聖女さまの護衛に就く話もあった。最上位の方の護衛ならお給金だって沢山貰えるのに、気の知れた仲のジークとリンが私と一緒にいてくれるのは有難い。

「いや、いつも通りだ。宿舎に戻りたいが、今から公爵さまの所に向かわないとな」

「……」

私の言葉に返事をするジークと、喋ることが苦手なリンは頷きながらすっと私の横に立つ。

「うん。呼び出しされているし、忘れると後が怖いから」

私は苦笑を浮かべながら足を進め、三人一緒に廊下を進み外に出て小さな庭の中道を歩く。外は陽が沈み暗くなっていた。

季節は春。新緑の匂いを乗せた優しい風が吹き、空には星が煌々と輝いている。月っぽい大きな衛星が二つ浮かんでいるのは不思議だけれど、夜空はとても綺麗だ。こうして空を見上げる余裕ができたのは、教会に保護されてから。貧民街時代を思い返すと、随分と無茶をしたなあと口元が伸びる。

「ナイ……どうしたの？」

リンが私の顔を覗き込みながら問う。

「ん、あの頃に比べると平和だなあって。寝床があって、ご飯もあるからね」

うん、本当に。年中腹を空かせ、空きすぎて眠れないこともあれば、腐った食べ物を口にしてお腹を壊したこともある。女だからと寝込みを襲われたこともあった。……仲間全員でやり返したけれど。

「ナイのお陰だよ」

「ああ。貧民街でつるんでいた連中がほとんど死なずに王都の街で暮らせているのは、ナイのお陰だ」

リンは小さく笑みを浮かべ、ジークは真剣な顔で言葉を口にした。

「大袈裟（おおげさ）だよ、二人とも。みんな自分で頑張ったから生きている。私はそのきっかけを作っただけだから」

仲間内で度々話題になる。大層なことをした覚えはない。貧民街は生きようとする意志がなければ生きられない場所だったし、最底辺から抜け出すには努力が必要だった。私は生きたいと願う彼らの背を軽く押し、押された彼ら自身の力で己の道を進んでいる。歩きながら照れ隠しで背伸びをすれば、二人はふっと笑いそっくりな顔を見合わせて肩を竦（すく）めていた。

庭を抜け建物に入ると質素だった先程の場所より高級感が上がる。ここから先は城に勤める人が行き交う廊下になり、聖女として真面目を装って歩かねばならず、ジークとリンは静かに私の後ろへ控えた。

城に勤めている平民の人や爵位の低い方たちは私の顔を見ると、一旦立ち止まり頭を軽く下げる。

位の高い貴族階級の方たちは、すれ違いながら私を見定めるような視線を送ってくる方もいれば頭を下げてくれる方もいる。

　王城の魔術陣への魔力補塡を務める聖女が頭を下げるのは王族の方のみ。だが、あくまで体裁を整えているだけ。大事なことなのでもう一度、体裁とか建前だ。時と場合で王族以外にも頭を下げるし、下げられることもある。アルバトロス王国と教会に所属する聖女の最高位『筆頭聖女』となると平伏(ひれふ)さんばかりの勢いで頭を下げられる。城の魔術陣への魔力補塡を担(にな)っている聖女は、筆頭聖女さまに連なる者として一般の聖女さまと少し扱いが違うがコレも体裁を整えるためで、本来は筆頭聖女さま以外の聖女に地位の差はない。

　今代の筆頭聖女さまは高齢を理由に代替わりを検討しているそうだ。私の他にも補塡を担う聖女さまはいらっしゃるし、高位貴族出身の聖女さまもいる。政治の都合上、孤児の私が筆頭聖女の座に就く可能性は低い。

　考え事をしながら王城の長い廊下を歩いていれば、公爵さまの執務室に辿り着いていた。公爵さまは王族に次ぐ地位の方で、扉の外には近衛騎士の方が警備のために立っている。私たちを代表してジークが近衛騎士の方に声を掛け、部屋の中にいる人に取り次いでもらう。気楽にノックと入室の声掛けだけで済めば良いけれど、お貴族さまは面倒なもので、こうした手順やしきたりを大事にしていた。

「聖女さま、閣下の許可が下りました。中へどうぞ」

騎士さまに案内されて入室する。城勤めの人たちに私の名前を呼ばれることはないが、城の中でなら私の顔はそれなりに売れていた。理由は、城の魔術陣への魔力補塡を務める聖女だから。私の名前を覚えてくれないのは、貧民街出身の聖女だから。孤児の聖女なんて付き合いがあったとしても、お貴族さまからすれば得することがなく覚えても意味がない。彼らにとって私は路傍の石である。けれど公爵さまは他の方と違い、孤児である私の後ろ盾になって面倒を見てくれている。彼はきっと物好きかお人好しなのだろう。

「よくきたな、ナイ」

巨軀を豪華な椅子の背凭れに預け渋い声を発する公爵さまは、私のことを名前で呼ぶ例外の方だ。ロマンスグレーの髪をかっちりと後ろへ撫で付け、生やしている髭もきっちり整えている。厳つい顔の彼が執務机の椅子から立ち上がり、応接机に移動すると一人掛けのソファーに腰掛けた。私は公爵さまにゆっくりと頭を垂れ、ジークとリンは壁際で警備を担う騎士の方たちと並んで立った。

「ごきげんよう、閣下。命により馳せ参じました」

使い慣れないカーテシーをして顔を上げると、公爵さまは苦笑いを浮かべる。私はお貴族さまではないけれど、教会のシスターたちの手によって礼儀作法は仕込まれていた。高貴な方のお相手を稀に務めることがあるので、必要最低限だけれど。

「そう畏まるな、気持ち悪い。さあ、座れ」

気持ち悪いなんて失礼な……と思いつつ、おくびにも出さない。小さく頭を下げながら断りを入れてソファーに腰掛ければ、お尻が深く沈んでいく。高級品と分かっているけれど、沈み込みすぎのソファーは何度座っても苦手だ。そんな私を気に掛けることなく、公爵さまは老執事さんにお茶を用意するように命じていた。公爵さまとは手紙で近況報告を定期的に行い、直接会うのは大事な話がある時だ。いつもと変わらない公爵さまを見つめながら、はてさてなにを言われるのやらと背筋を伸ばす。

ご用件はと問えれば良いが、お貴族さまと平民の間には天と地ほどの差がある世界。用事があって私を呼びつけたのは公爵さまだけれど、位の低い、それも平民の私から問いかけるなんてあり得ない。貴族であっても公爵さまが最上位となるので、話しかけるのは彼からが定石だ。彼へ気軽に声を掛けられるのは、王族や同格となる公爵位の方たちになる。

「仕事の後だというのに、遅い時間に呼び出してすまないな」

公爵さまの言葉と同時、老執事さんが彼と私の目の前の机にお茶を置いた。私は老執事さんに頭を下げ、彼は立ったまま公爵さまの隣に控えた。

「いいえ、仕方ありません。閣下もお忙しいでしょうから」

「引退間近の身だ。大事な仕事などそうそうないさ」

ふ、と表情を柔らかくした公爵さまは、引退間近でも忙しいはずだ。彼は国軍のトップを務めており、魔物が出れば軍を派遣し、戦力が足りない時は騎士団や魔術師団に協力要請を出す。軍と騎士団は仲が良くないそうで、騎士団との協力を取り付けるのは骨を折ると前に愚痴を漏らしていた。

用意されたお茶に公爵さまが手を付ける。私もめちゃくちゃ極上な茶器に手を伸ばして、一口飲むけれど味が分からない上に熱い。

「そういうところはまだまだ子供だな……いや、子供か。おかしな言い回しではあるが。初めて会った時が懐かしい。もう四年になるのか、いやはや年は取りたくはない……確かナイたちは十四歳になるのだな？」

猫舌で少量しかお茶を飲めない私を見て、公爵さまが笑う。膝に肘（ひじ）をついて顔の前で手を組み、私を見据えたので本題に入るようだ。持っているティーカップをソーサーの上に置き、慎重に机上に戻して公爵さまと視線を合わす。

「はい、ようやく十四歳になりました。初めて閣下にお会いした時が懐かしいものです。四年間、必死でしたから随分と昔に感じます」

本当にいろいろとあった。私の魔力量は一般の聖女さま方よりも多く、求められることが多岐に渡る。教会に保護され聖女候補の枠に納まり、王国の障壁を維持運用するための基礎知識に魔術陣の使い方や魔力の運用方法。時間があれば治癒（ちゆ）魔術も覚えるようにと言われ、聖女を務めている先任やシスターたちから教えを受け、半年後に聖女となった。

今でも教えを乞（こ）うことがあるし、知らないことも沢山ある。知識を蓄えることは苦ではなく、忙しくも楽しい日々。前世でブラック企業に勤めていた時と比べれば随分マシだった。

「うむ。そこで、だ。あと一年で十五歳になるのだから学院に通ってみないか？」

公爵さまが口元を緩めながら私を見る。

「学院……ですか。もしかして王立の？」

「ああ、そうだ。この王都にあるアルバトロス王立学院だな」

私たちが住む街は王都なので教育機関はいくつか存在する。その最高峰が三年制のアルバトロス王立学院。もともとは貴族の子女が通う学院で、貴族の在り方や交流を学ぶ場所だった。時代の流れでお金持ちの平民も一定の学力と学費があれば入学できるようになり、更に門戸を広げるべく、学費を賄えない成績優秀者も奨学生や特待生として入れるようになった。時期を同じくして騎士と魔術師の優秀な者を獲得、育成するために専門学科が増設されたらしい。

「有難いお話ではありますが、聖女の勤めと学業の両立は難しいかと。そもそも試験で落ちてしまいます」

私は聖女として充実した日々を送っている。従軍医師のような扱いで、軍や騎士団にくっついて魔物の討伐に向かうこともあれば、治癒師や聖女さまのいない町や村を訪ねて慰問の旅に出ることもある。貴族出身の聖女さまは地味な仕事や泥臭いことを嫌がるし、子供や家庭を持つ聖女さまも参加を渋る。私の場合は未婚でサバイバルに長けた孤児として、教会から頻繁に打診されている。

悪いことばかりではなく軍や騎士団の人たちと仲良くなることもあれば、遠征先の人たちから特産品や野菜を頂くこともあって楽しい。私の護衛として付き合わされるジークとリンには申し訳ないけれど、二人は騎士として私と行動を共にする。

「そのあたりは融通が利くように教会に話を付けておく。学力に関してなら普通科であれば問題ないと判断しているし、足りないところは補えば良い」

随分と至れり尽くせりなので公爵さまの中だと決定事項かも。ぶっちゃけると、興味はないのが本音だ。これ以上の暮らしなんて求めていないし、現状維持で十分である。

「孤児なので一般教養はからっきしですが……」

「教会で神父やシスターに教えを乞うていると報告を受けているし、平民では難しい内容もきちんと理解していると聞いた。ならば、心配あるまい」

公爵さまは簡単に言うが、曲がりなりにも王立学院だ。絶対に教養が足りない。

「確かに大勢の方に勉強を教えていただいておりますが……ですが、貴族の皆さまと同じ学び舎で共に過ごすのは緊張しますし、やはり無理があるのでは？」

「ぶっ、はははは！　お前、言うに事欠いてその台詞か！　公爵であるワシと面と向かって話を交わしているのだ、今の言葉に信憑性などあるまいて！」

公爵さまが大笑いをしながら膝を叩く。そんなにおかしいことだろうか。平民がお貴族さまに混じって勉強するなんて、面倒しかないのだけれど。前世でも、お金持ちの子が多く通う学校に貧乏人が入ればいじめられると噂があったのに。

「……」

腹を抱えてまだ笑っている公爵さまにジト目を送りながら、どうしたものかと考える。

「そもそも初対面でワシと取引したナイが、同年代の貴族相手に後れなぞとるものか！」

嫌なことを思い出されてしまった。貧民街から教会へ連行され魔力測定を行った日から一ヶ月後、公爵さまが教会にやってきて私の後ろ盾になると宣言したのだ。公爵位を持つ方が価値のない孤児に宣うことではなく、なにか裏があると踏んだ。個人的に目的があるのか、政治的に利用できるのか……それがなにかは今も分からない。

打算であったとしても、孤児である私の後ろ盾になってくれるのは有難い。でも、良いように利用されるのは御免だ。利用される対価として、貧民街の仲間を全員救い上げてほしいと願ったのだ。前世の記憶を持つ私には、今世はオマケのようなもの。必死に生きようと足掻いている彼ら彼女らを救ってほしいと。最低限で構わない、温かい食事と寝床を与えてほしいと。私の願いを叶えてくれた公爵さまには恩がある。だから次に紡ぐ言葉は決まっていた。

「……はあ。分かりました。努力はしますが試験に落ちても知りませんよ」

軽く溜め息を吐いて、公爵さまの提言に乗る。目の前の彼に悪意なんてないのだろう。純粋に私の行く末を案じ、最善の道を示してくれているのだから。

「なに、まだ時間はある。家庭教師もつけてやろう」

にやりと笑った公爵さま。嗚呼、私を学院へ入れることは本気らしい。こりゃ逃げられないと諦めていると、公爵さまは私から視線を外す。

「ジークフリード、ジークリンデ。お前たちは騎士科を受けろ」

壁際に控えているジークとリンに公爵さまは有無を言わさぬ勢いで言葉を投げた。

「はっ！」

「……はい」

ジークとリンは短く答え、右手を握り胸に当てて騎士の礼を執る。普通なら公爵さまの言葉にはこうして二つ返事するよねえと遠い目になりながら、また私の事情でジークとリンを巻き込んでしまったことに心の中で謝罪するのだった。

「足りぬ物があるなら、こちらで用意しよう。もちろん、学費もだ」

ここまで言ってくれるのなら、お金の心配はいらないだろう。試験に受かれば制服代に教科書代なども必要になる。受かってもいないのに、受かった先のことを心配しても無駄だろう。とりあえず試験に向けて慌ただしい日々を送ることが確定した。

公爵さまの話から数日後、ジークとリンと私が住んでいる王都の教会近くにある教会関係者用の宿舎に、入試対策の資料がどっさり送られてきたり、家庭教師が現れたりと少々騒ぎになっていた。
周囲の方々は私たちが学院に通うことを歓迎しており、聖女の仕事は減って魔物討伐の遠征も公爵さまから入学の話をいただいてからは請け負っていない。権力を持っている人の圧力って本当に

効くのだなあと息を吐いて、隣に座っている彼女の手元に何気なく顔を向ける。

「リン。そこ、違うよ」

「?」

ジークとリン、そして私は入試対策のため、私の部屋に集まって勉強会を開き、かりかりと筆を走らせていた。リンは勉強が苦手で、時折頭を抱えところどころでミスをしている。今も私が指摘した理由が分からず、首を捻(ひね)っている。

「ほら、ここ。使う数式はこっちだよ」

「……本当だ。ありがとう」

さりさりと紙に二重線を描いて訂正するリン。助言すれば気付いて正解を導けるから、問題はなさそうだ。真剣に設問を解いている彼女を見ながら笑っていると横から声が掛かる。

「ナイ。お前はお前で間違えているぞ」

「え?」

ジークの指摘に私の口から呆(ほう)けた声が漏れた。

「数学や化学の難しい問題は解けるのに、簡単なはずの地理や文化は駄目なのか……」

ジークが呆(あき)れ声を出して頬杖(ほおづえ)を突いたまま、間違えているところを反対の手で指差した。だって仕方ないだろう。数学と化学は前世での知識が役立っている。

前世も孤児で親の顔を知らないまま施設で育った。ものの見事に荒れに荒れた若かりし頃、学生時代は不良と呼ばれても差し支えない行動を取っていた。そんな私が高校を卒業して社会人になったのだが、学生時代の悪行が祟ったのかまともな企業とは言い難かった。

ブラックと噂されるだけあって仕事内容は過酷を極め、このままでは自殺か過労で死んでしまうと感じ始めた頃、精神より肉体が先に悲鳴を上げてぶっ倒れた。それから仕事を辞め次の職を見つけたのだが、新しい就職先は大手企業が百パーセント出資した子会社。労働基準法で定められている三六協定は順守していたし、有休消化にも積極的。仕事に必要な資格試験の受験料は会社負担で、通信教育なども割安に受けられた。……実にホワイト。

仕事は専門職でありながら、全くの素人でもできるようにとマニュアルが作られ、業務が忙しくなれば派遣社員さんも雇ってくれる。専門的な職業ゆえに、仕事内容を深く理解するためには知識が必要だった。職場の上司は意欲的に教育を施してくれたし、分からないことがあれば丁寧に教えてくれた。学生時代より学ぶことが楽しく、仕事自体も楽しくて学生時代は嫌いだった勉強も苦にはならなかった。

そんな過去があり、専門知識のお陰で理系や化学分野はそれなりに詳しい。こちらの世界のモノにも転用でき、割とあっさり覚えられた。逆に苦手なものは、この世界の常識や地理に歴史である。それらはゼロからのスタートで、覚えることも多く苦戦していた。比較的すんなり覚えたジークとリンを羨ましく感じるくらいには。

入学試験に受かるには問題ないレベルに達しているそうだが、成績優秀者は学費が免除されるためソレを狙っている。公爵さまにお金の心配はいらないと告げられたものの、できるなら自力でどうにかしたい。残りの問題は実技となる魔術試験をどう乗り切るかだが、普通科を目指す人は初歩的な魔術を使えれば良いそうだ。一応、教会の聖女として治癒魔術は十分に扱え、魔物討伐の遠征にも出るから基礎魔術は一通り使える。だから実技に関しては問題なく、筆記試験対策を重点的に行っている。ジークとリンも騎士科に受かるボーダーラインは超えており、実技試験も難なくクリアできると太鼓判を押されていた。私は普通科に進むから二人と分かれてしまうけれど、登下校や休み時間は三人で過ごすこともできるはず。

「うーん。苦手なところ、もう少し力を入れないと駄目かなあ……」

「だな」

「頑張ろう」

前世の学校生活は小学生の時から荒れており、黒歴史全開の我が人生をやり直すことができるのは幸運だ。異世界で、だけれども。

貴族の方たちと一緒なのは不安要素だが、どんな学生生活を送るのか楽しみだ。頑張ろうと気合を入れ直し、ジークとリンと私でグータッチするのだった。

十五歳になる少し前――入学試験当日。

貴族子女の皆さまは試験を免除され、試験会場に集まっているのは平民だけ。それでもなんとなく平民と商家出身のお金持ちの人たちとは隔たりを感じ、会場となっている学院の教室には見えない壁がある。教室の引き戸が引かれ、試験官数名が静かに教室の中へと入ってきた。

「机に記載されている番号に従い着席してください」

彼らは教室へ入るなり教壇に立ち声を上げる。受験者はさほど多くなく、試験を受けた当日に結果が出る。合否にかかわらず公爵さまに報告を行うため、今日は忙しくなりそうだ。

「机上には受験番号と受験票、そして問題用紙と解答用紙が揃っていますね？　もし、揃っていない場合は挙手を――」

試験官から諸注意が始まり、開始の合図まで時間は掛からなかった。教室内は独特な雰囲気に包まれ、筆が走る音と試験官の足音だけが響いている。必死に問題を解き終えると、終わりを告げる試験官の声が上がった。試験開始の合図と終了の合図を何度か繰り返せば筆記試験は終了し、実技試験へと移行する。試験会場から出て学院に併設されている運動場に、他の受験者と共に向かうことになった。学科別で筆記試験が行われていたので、違う学科を受けていた人たちとも合流。きょろきょろとあたりを見渡せば、背の高い赤毛の二人を難なく見つけ、私は彼らの元へと足を向けた。

「ジーク、リン」

歩きながら声を掛ければ、私に視線をくれた。二人とも笑って私の方にゆっくりと体を向けると、丁度私も彼らの前に辿り着く。

「ナイ、手ごたえはあったのか？」

開口一番、ジークが問うてきた。

「ん、それなりに。ジークとリンは？」

「そうか。多分、大丈夫だ」

「騎士科は筆記より実技が重視されるから……そっちで頑張る」

ジークの言葉に頷き、リンには苦笑を向けて実技は気張らないとねえと返事をした。騎士科と魔術科は座学より、実地でどれだけ動けるかが重要らしい。貴人の護衛を担う時もあるので礼儀作法が必要だけれど、作法に関しては在学中に学べば済む。騎士科と魔術科が普通科より受験者の数が多いのは、安定した就職先プラス高給取りとして最も優れているから。街で職人や商家に弟子入りして腕や知識を磨くよりも、強さに自信があれば良いので多くなる。

「呼ばれた者は、開始線へ」

三人で固まって小声で雑談をしていると、実技試験が始まる。今、グラウンドで相対しているのは騎士科受験の少年二人だ。無手のまま、覇気を醸し出していた。

「剣技を競い合わないいんだね」

そう。騎士科だから剣の扱いに長けた人を合格にしそうだけれど、開始線に立つ二人は得物を持っていない。

「訓練を受けていないと、木剣でも危ないからな。できるだけ問題が起こらないように、徒手空拳で自力勝負らしい」

ジークが私の疑問に答えてくれる。無駄話をしていれば、一番初めに呼ばれた組の手合わせが試験官の開始の声と共に始まった。

「へえ。じゃあ本格的に剣を扱うのは学院に入学してからか」

身体能力が高い人を集めるし、基本的な剣技の習得は早そうだ。騎士を目指して騎士科を受けているから、ある程度の嗜みはあるだろう。ただ試験で事故が起こって責任を問われると、困るのは学院側だ。学院に入ってから起こっても問題だが、一筆書いてもらえば回避できる。

「うん。入学から一ヶ月後に、王都近くの魔物が出る森に実習で行くみたい。……全学科合同らしいから、ナイと一緒になれると嬉しいな」

リンと私で頷きあう。入学すれば学年合同行事があると聞いているが、一緒になれる確率はどれほどのものだろうか。

「決着がつくな」

ジークが呟く。試合場に視線を向けると、第一試合が終わりそうになっていた。対戦相手の片方は満身創痍で呼吸が浅い。素人目でも分かるので終わりは近いだろう。暫くしてボロボロになっているる少年が白旗を上げたのだった。

「次の者、前へ！」

「……行ってくるね」

リンがざっと力強く踏み出し袖まくりをしながら開始線まで歩いて行くと、対戦相手も開始線に歩いて行く。年齢の割に身体つきが確りしており、鍛えているのが直ぐに分かった。

「女……だと。俺の相手にならん！　試験官殿、対戦相手の変更を求める！」

リンの対戦相手が短い髪を逆立て興奮した様子で抗議した。女の子で騎士科の試験を受けているのはリンだけだ。対戦相手が弱く余裕で勝ったとなれば、他のメンツから揶揄されることを恐れているのだろう。相手の少年は身なりが小綺麗なので、お金持ちで教養と実力は備わっているようだった。自信があるのに相手は女子である。だから彼は余計に腹立たしく対戦相手の変更を試験官に求めた。

「ジーク、リンの対戦相手は手強そうだけれど……大丈夫なの？」

心配になりジークを見上げると、にっと笑い顎で彼女の方を指した。ジークに倣い視線を変えるとリンは無表情のまま静かに様子を窺っている……あの状態の彼女はなにも考えていないだけにも見えるが。

「心配ない。アイツだぞ」

頭の上から聞こえたジークの声にそれもそうかと頷いて、開始線に立つリンを再度見る。彼女は私たち三人の中で物理攻撃力が一番高いのだから、勝つと信じるしかない。結局、対戦相手変更の申し出は許可されず相手の少年が開始線に立つ。

「おい、女が相手だからって手ぇ抜くんじゃねえぞ！」

「良かったな！　楽に合格できるなんて！」

手合わせを見届けている人たちのヤジと笑い声を聞いて、ふと疑問が湧いた。

「ねえ、ジーク。これって勝敗で試験結果が決まるの？」

「さあな。一度手合わせをしたくらいじゃあ能力有無の判断は難しい。まあ、内容次第じゃないか？」

筆記試験の成績はともかく、実技である。良い試合内容であれば勝敗は関係なさそうだ。試合の優劣や個人の実力を見定めるために、試験官が複数名グラウンドに控えているみたいだし。試験官の説明では、勝った方が受かると告げていない。合格基準が謎だけれど、目の前の勝負が始まりそうで考えることを止める。リンは構えも取らず、だらりと腕を垂らして足を肩幅ほど開いたままだった。私の護衛を務めてくれているから、彼女の実力は知っている。知ってはいるけれど、不安になる。ずっと一緒につるんでいるし、仲が悪い訳でもない。むしろこれまでのことを考えれば、リンとジークを含めた孤児仲間は家族のような関係。だから。

「リン、頑張って！」

彼女の耳にはっきり声が届くようにと、腹に力を入れて叫んだ。私の声が届いたようで、リンがこちらを見る。彼女はへにゃりと笑い一つ頷くと前を向いて先程までの表情に戻った。どう声を掛ければ良いのか少し迷ったけれど、多分きっと……これで良い。

「共に礼！」

リンは表情を変えないまま、対戦相手の少年は苛立ちを隠せないまま礼を執る。試験官の『始め！』の声がグラウンドに響いて直ぐ。

「女が余裕そうにしやがって……はっ！」

相手が声を上げ、リンとの距離を一気に詰めながら右腕を後ろへ引き絞る。

「脇の締めが甘いな。威力が下がるぞ」

私の横に立つジークが冷静に状況判断して小声で呟くと同時、少年は射程圏内へ入ると足を止め、腰を入れながら踏ん張った。

「シッ！」

少年は吐き出された呼気と共に、後ろに引いていた腕を速い速度で繰り出した。私の目では捉えるだけで精一杯で、ジークのように観察しながら状況を察するのは無理。それでも聖女として現場に立つことがあるのだから、少しでも眼力を養っておかなければ。

「……っ」

繰り出された右腕をリンは体の軸をずらして避け、相手の懐へと踏み込み突き出されたままの腕を難なく弾いた後、小さく二歩だけ動き相手の背に回る。

「ごめんね」

リンの呟いた声が風に乗って聞こえた直後、少年の脇腹に掌底を一撃放つ。打撃と同時に重い音が響くと、肺から息を漏らす音が届いて少年が地面に蹲った。

「……勝負あり！」

試験官は一瞬のことで目を白黒させつつも、高らかに声を上げた。いつの間にか意識を失った少年は、控えていた職員の手によって担架に乗せられ保健室へ運ばれる。一人で開始線に立ち礼を執った後、ゆっくりとリンが戻ってきてジークの隣に立つ。

「筋は良い……はず」

リンが対戦相手に抱いた感想を述べ。

「相手が悪すぎたな」

ジークは運が悪いと告げた。ジークとリンは私の護衛として、一緒に魔物討伐に駆り出される。実戦経験のアドバンテージがあるので、少年には不利な相手だった。リンもリンで手加減は失礼だと考え一撃で終わらせたのだから、仕方のない試合展開だったのだろう。

「次は俺の番か」

「兄さん、手を抜いちゃ駄目だよ」

リンが真剣な眼差しでジークに声を掛けるのには理由がある。公爵さまから学院に通えと打診された時、本当に通う意味があるのかと三人で疑問を呈していた。公爵さまの厚意は有難いが、もう既に働いていている。成人の十八歳になるまで時間が必要だが、平民であれば働いていてもおかしくはない年齢だ。だから学院に通う意味が見出せなかった。

――でも、良い経験になるのでは？

貴族の子女も通っているので特殊な環境だけれど、学ぶことに関してならアルバトロス王国国内では最高の教育機関である。私たち三人は孤児で、知識が足りず世間を知らない。これから先、魔物が攻めてくるかもしれない、他国が攻めてくるかもしれない。地震カミナリ火事オヤジと言うように、自然災害だって起こるだろう。危険に晒(さら)された時、知識がなければ途方に暮れることもある。戦いに身を投じているのだから、怪我を負い聖女と騎士の仕事を継続できない場合もあるだろう。その時、学院を卒業していれば強みになる。家庭教師の職を担えるだろうし、お役所仕事もできるかもしれない。

だから学院で学ぶことは無駄ではなく、ジークとリンは騎士として、私は聖女として知識を吸収できるなら良いことだと結論付けた。リンの先程の言葉は、三人揃って合格すると願う強い意志の表れだ。

「行ってくる」

「気を付けて」

ジークは握り込んだ拳(こぶし)を軽く上げ、土のグラウンドを踏みしめながら開始線を目指す。ジークもリンに負けず劣らず強いけれど、魔物討伐の時に一緒になった軍の隊長さんが、ジークは指揮官の適性が高いと教えてくれた。その後、街で偶然再会した隊長さんと話し込んでいると、騎士科を卒業したあとは軍学校に入らないかと誘っていたので、実力と将来性が高いのだろう。だから心配する必要はないのに、大丈夫だろうかと不安になる。

「お互いに、礼！」

ジークの相手は、筋肉を確り纏ったパワータイプ……のように見える。相手の実力は分からないけれど、緊張した様子も見せず落ち着き払い口を真一文字に結んでいた。ジークはいつも通りだ。実力差は見ただけでは分からず、リンの時と同じ心境になってしまう。

「始め！」

試験官が真正面へ伸ばした右腕を真上に掲げると試合が始まった。先に仕掛けるのはどちらだろうと見ていれば、互いに動かない。その様子に試合を観ている人たちがどよめいた。動かない意図が分からずリンを見上げると、彼女は私に気がついて少し苦笑いを浮かべてこう言った。

「兄さんの癖……」

リンの言葉に納得する。ジークの癖は、物事を進める際に凄く考えてから行動に移ることだ。訓練でもいろいろ試しており、最小限の動きに止め相手の力を利用して勝つことが多いと聞く。ジークは実技試験でも、思いつきを試すのだろうか。

「焦れた相手が兄さんより先に動いたね」

表情ひとつ変えず開始線に立っているジークに焦りを感じたのか、相手は咆哮を上げながら前進。ジークは距離を詰められまいとようやく動き、長い足を生かして後ろへと下がる。後ろに下がることを想定していなかったせいで相手の拳がジークに届かず、きょとんとした表情を見せたあと顔を紅潮させて怒りを露にした。随分と短気だなと頭を過る。

「この野郎！　馬鹿に、するなあああっ！」

なるほど、ジークの目的はコレだったのか。体格の良い少年は怒りに任せて左右から大振りの拳をジークの顔めがけて繰り出す。ジークは確りと目を向けて相手の拳の軌道を読み、当たる直前で小さく体をずらして避けている。己の拳が届かず更に怒りを露にした対戦相手は、試験会場全体に響く声を上げた。

「……あ～」

「挑発に乗ったね。兄さんの意図通りかな」

リンがジークを見据えたまま、落ち着いた声で教えてくれた。感情の変化を見せないのは、双子の兄妹の特徴なのだろうか。ジークも澄ました顔をしているし、試合を観ているリンも顔色ひとつ変えていない。周囲はジークの挑発に気がついて、どちらが勝つかで話が弾んでいるようだ。リンの試合が直ぐに終わってしまい、他の試合も盛り上がりに欠けていた。血気盛んな若者は面白い展開を望んでいたようで、場のボルテージが上がっている。

「ジークはどうするつもりかな？」

「ね。……早く終わらせれば良いのに」

妹のリンですらジークの行動は理解できないようだった。対戦相手の両腕から放たれる幾回もの攻撃をあしらっていると、ジークが視界からふっと消えた。

「え？」

私の口から声が出た刹那、相手は地面に転ぶ。

「足払い、だね」

リンの言葉で理解が追い付いた。ジークが自らしゃがんで地面に片手を付き、付いた腕を軸にして足払いを相手に放った。相手の勢いと向きも計算の内に入っていて、軽い足払いで済んだのだろう。視界から消えてしまったのは、地面にしゃがみ込んだから。長い手足を生かして寝技に持っていき体重を乗せながら首を絞め、意識を奪い取るつもりらしい。

「このまま落とすこともできるが、どうする？」

えぐいな、ジークは。実戦ならば遠慮なく相手の首の骨を折っていただろう。

「…………っ！　降参だ」

二人の言葉を聞き試験官が『それまで！』と勝負がついたことを告げると、ジークは腕を解きゆっくりと立ち上がり、周囲の受験生は静まり返る。

「……兄さんの実力なら直ぐに勝てた。遊ばずにケリをつけるべき」

リンがむっとした顔を浮かべ、戻ってきたジークに苦言を呈す。

「最近習った足技を試したかっただけだ」

ジークはリンの言葉を軽くあしらいながら、片眉を上げる。二人は教会騎士の人から試験が近いと扱かれていたから、鬱憤が溜まっていたのかも。ジークの試合後の会場は妙な空気が流れているなと感じつつ試合は順調に進み――泥仕合だったり、長丁場になったりと面白い――騎士科受験組の試合が終わって、次は魔術試験へと移行したのだった。

魔術試験は、魔術科を希望する人たちから始まる。魔術科を志望しているだけあって、魔術行使に淀みがない。慣れていないと詠唱に手間取って威力が落ちるし、緊張で魔術が発動しないのだが、受験者は自信を持っているのだろう。派手な魔術には歓声が上がり、行使することが難しい魔術にはどよめきが上がる。流石、アルバトロス王国の最高教育機関を受ける実力のある人が集まっているなと感心していると、普通科の番になった。普通科なのに魔術試験が行われるのは、埋もれている優秀な人物を逃さないためで、声が掛かれば栄転として魔術科に入る人もいるのだとか。

魔力は全ての人や生き物に備わっており、魔術を使えるかどうかは魔力量と本人が持つ魔術に対するセンスが重要になるそうだ。教育を施せば魔術師として芽が出そうな人を、普通科から引き抜く。魔術が使えるようになれば、魔術師団への入団や冒険者となって一儲けすることを夢見て鞍替えする人もいれば、危ないことは嫌だと転科を断り普通科で勉強して役所や城勤めに就けるように励む人もいる。

普通科を目指す人たちの魔術レベルは高くない。稀に適性の高い人がいて、引き抜くくらいだとか。私は就職先が決まっているから気楽なものである。公爵さまの厚意を無下にしても良いなら、試験に落ちても構わない。でも自分たちの将来のために全力を尽くす。落ちると公爵さまの顔に泥を塗ることになるし。考え事をしていると、私の出番がやってきた。

「君の得意な魔術は？」

試験官の方に問われ、顔を見上げる。

「治癒です」

「ふむ。だがここに怪我人や病人はいない。他には？」

試験官の方がまともで良かった。わざと怪我人や病人をつくる訳にはいかないのだから。

「基礎と初級の魔術なら一通り使えますが……」

教会で治癒魔術を教わった際に、教えを乞うたシスターの思考がヒャッハーだったため、シスターは自らの腕の骨を折った。レンガを一つ持ち出して顔色ひとつ変えないまま、自分の腕に振り下ろして骨を折ったあの音は、今でも耳に残っている。シスターは魔術で無痛状態にしており、私が失敗しても他の聖女さまかシスターが治してくれる、と素敵な思考をしていた。怖すぎる思考回路に、その人には絶対に逆らわないようにと心に誓っている。

「君は普通科志望だな。ならばそれで構わない、君の全力を持って魔術を行使しなさい」

魔術は危ないので、試合形式になっていない。少し離れた場所に的があり、的に魔術を当てれば試験は終わる。先に受けている人たちは得意な魔術を披露して、的に当てたり壊したりしていた。公爵さまの厚意で派遣された家庭教師には魔術を教えてくれる方もいたが、私の魔力量が多く危なくて仕方ないと初級魔術を復習する形だった。

「はい」

試験官に返事をして、どうしたものかと考える。基礎ならば大抵のものを行使できるけど、建物に延焼しそうな火や雷系統は使わない方が無難だ。となれば風や水系統を選ぶしかない。派手さに欠けると頭を過るが、これは試験。魔術の起動速度や魔力消費量とかも合否判断に加味されるから、地味でも良いかと考えを改めた。そもそも魔術科を目指していないし。

「――〝吹け、一陣の風〟」

　魔術詠唱は恥ずかしいので、小声で魔術を行使した。ひゅっと吹いた風が的に当たり、魔術の威力で的が前後に揺れる。魔術を使う際には詠唱を行うのが決まりとなっていた。無詠唱も可能だが、魔力を無駄に消費する上に体に負担が掛かるから推奨されていない。

「詠唱から発動までの時間が早いな。もう少し威力があれば良いのだが……君の番は終了だ、戻りなさい」

　随分あっさりとした試験官の対応に、塩だ、塩と苦笑いを浮かべながら元の場所へと戻る。魔術科志望の人たちの実技が終わった時点で、普通科はオマケのようなものだ。魔術にセンスがあるなら魔術科を受けるし、栄誉の転科なんてそうそう起こるはずもなく。

「お疲れ」

「お疲れさま」

　小さく微笑（ほほえ）んでいるジークとリンに迎え入れられ、言葉を交わしながらあとに続く人たちの試験を眺めていた。普通科を受ける人たちの魔術に関してはどんぐりの背比べ状態。見ていることに飽きた人は、知り合いと雑談を始めたり、欠伸（あくび）をしたりと様々だ。三人で時間を持て余していると、実技試験は終わりを告げた。

「そろそろ筆記試験の結果が貼り出される。実技の結果も追って貼り出される予定だ。各自、必ず合否を確認してから帰宅するように！」

試験官の声が響く。仕事の早さに驚くが、実技試験の合間に採点を行っていたようだ。結果を確認しようと、三人で学院内の掲示板へ移動する。掲示板に貼り出されていた学力試験結果の紙には、ジークとリンと私の名前が載っていた。ジークとリンは実技も問題なかったようで、そちらの方にも二人の名前が記されていた。ちなみに普通科の実技試験は魔術科のオマケだから採点されない。普通科から魔術科への転科があれば特記事項として名前が記され、呼び出しを受けて普通科と魔術科どちらに進むかを決める面談があるそうだ。

「みんな合格、良かった」

私はジークとリンの顔を見上げ、公爵さまに残念なお知らせをしなくて済んだと笑う。

「ああ」

「これで一緒に通えるね。嬉しい」

三人で満面の笑みを浮かべながら、グータッチをする。この一年、知識や常識が少ない私たちは覚えることに苦労したから、喜びは当然だ。公爵さまが寄越（よこ）してくれた家庭教師や教会の方たちにも感謝をしなければ。彼らの協力がなければ、筆記試験は危うかった。

「ナイ、公爵さまの所に行く予定だろう。今日はどっちに呼び出された？」

ジークが微笑んだまま、私に問う。

「うん。公爵邸の方にきてほしいって」

公爵さまが仕事の際は王城の執務室にくるようにと手紙で命じられているので、公爵邸に呼ばれたならば、今日はオフの日なのだろう。お貴族さまの視線が刺さる王城よりも、公爵邸の方が気楽だ。

「歩いて行くの？」

リンが小さく右側に首を傾げながら私を見た。

「そうしよう。教会に戻るより、公爵邸の方が近いから」

王都は王城を中心に円状に区画が決まっている。城に一番近い第一区画が伯爵以上の爵位を持つ人たちが住む区域となり、第二区画が伯爵より下の爵位を持つ人たちが。第三区画は準男爵や騎士爵、そして豪商の人たちが住む区域と高級商業施設。第四区画は商家や宿泊施設、それに職人の人たちが住む区画。で、王都を囲む外壁沿いが第五区画となり平民が住む地域で、貧民街も第五区画に存在する。綺麗な円状ではないが、大雑把に説明するとこんな感じ。

公爵さまの住む家は、王都の中心部に建っている。爵位の高い人が住む地区なので治安も良く学院も近くに建てられており、移動は徒歩でも安全。第五区画を学院の制服で歩けば直ぐにスリに会うから、身を守る術を持たない人は近寄らない方が無難だ。

「行こうか」

私は二人の顔を見上げる。

「ああ」

「うん」

学院の門をくぐり外へ出た。道は石畳で整備されて歩きやすいし、馬車用と歩行者用に分かれていて通行人だけに気を配れば良い。時折すれ違う人は、燕尾服やクラシカルなメイド服に身を包んで歩いている。仕える主人から用事を頼まれたのか、きびきびと歩いていた。どこからともなく馬車を引く馬の蹄の音が大きくなり、また遠くなっていく。天気も良く、歩くのが気持ち良い。

「なんだか、こうして歩くのって新鮮かも」

私はきょろきょろと貴族街を見渡しながら、ジークとリンに声を掛けた。

「馬車移動が多いからな」

ジークが言った通り、聖女として活動する際は馬車での移動が基本だ。王城に向かう際は教会が所有する馬車を申請し、魔物討伐の際も用意された幌付きの馬車に乗り込む。歩くことが少なくなったねと、取り留めのない会話を交わしながら、超高級区画を暫く歩いていれば公爵邸が見えてきた。公爵邸の敷地の端から正門までが凄く遠くて笑いが込み上げる。

「お貴族さまってこんな広い家に良く住めるよね。維持管理が大変だし、無駄な気がする……」

元々孤児で貧乏性だから広すぎる家や豪華な暮らしに憧れはなく、維持や管理に掛かる費用が凄く気になる口だった。

「見栄や栄誉で、そうせざるを得なくなった連中だ。一応、優秀な血で代を経ているはずだから問題ないし、俺たちには関係ないだろう？」

「辛辣（しんらつ）だね、ジーク」

「かもな」

鼻を鳴らして不機嫌になるジークは、お貴族さまが好きではない。貧民街時代に一悶着（ひともんちゃく）あったし、お貴族さまから治癒依頼を受け護衛として私と一緒に赴（おもむ）いた際、依頼主が横暴な人だった。マトモなお貴族さまに遭遇する機会が少なくて、彼らに良いイメージがないから仕方ない。私は依頼主のお貴族さまからお金をぶんど……ふんだ……いや違う、寄付という形で頂くものは頂いているから、悪態をつかれようが暴言を吐かれようが命にかかわらない限りは無視できる。まだ若いジークが、私のような考えに至るには時間が必要なのだろう。

大きな門柱の横に立つ公爵家の私兵に声を掛けて手紙を見せれば、屋敷の中へと案内され絵画ルームを通り抜けて客間に通された。公爵さまは部屋におらず、屋敷の使用人が彼を呼びに行ったはず。ジークとリンには申し訳ないけれど、ここでは仲間ではなく聖女と護衛騎士となる。私はソファーに腰を掛け、二人は公爵家の私兵と一緒に壁際で立ったまま控えた。

「すまない、待たせたか？」

「大丈夫です、閣下」

私は座っていたソファーから立ち上がり、部屋へ顔を出した公爵さまに頭を下げる。手紙のやり取りは月に一度はあるものの、簡単に会える人ではなく面会は久方振りだ。立ったまま公爵さまの動きを見守り、座れと言われてソファーに腰を下ろした。

「さて、お前さん相手に貴族のやり取りなど不要だろう。結果は？」

「閣下のお陰で、三人無事に合格することができました。ご支援とお心遣い感謝致します」

私は着座したまま、頭を下げる。

「構わぬ、気にするな。お前たちはまだ若い。聖女と騎士の務めも大事だが、それ以外にも道はある。学ぶこと知ることは進むべき道、選ぶべきものを増やす。学院でなにを得てなにを掴み取るのかは学んだ者次第であろう。精進しなさい」

公爵さまが言葉を紡ぎながら、私、ジーク、リンの順番で視線を向けた。その視線に私たち三人も確りと頷き、公爵さまの言葉を受け止める。

「はい。では用は済みましたので、これで」

「ああ、また手紙を送ろう。近況の知らせはそちらで頼む」

公爵さまに頭を下げて退室し、長い廊下を歩いてエントランスホールに辿り着くと、従者の人が控えており馬車で送ってくれるようだ。公爵さまのご厚意に甘えて馬車に乗り、教会の宿舎へと帰路についたのだった。

一方、馬車に乗り込み屋敷をあとにする私たちを、公爵さまは私室の窓から見ていたようで。

「――年を取るものではないな。我ながら似合わぬことをしている」

「お館さま？　ええ、確かに珍しいことではありますが」

「聖女の役割を理解して大人のように振る舞ってはいるが、あの暴れ馬がおとなしく学院で過ごせるのか……さて、ナイはどんなことを仕出かしてくれるやら」

公爵さまとお付きの老執事さんがこんなやり取りを交わしていたことなど露知らず、私たちの学院生活がもう直ぐ始まるのだった。

試験を受けた二週間後、結果の詳細が送られてきた。不合格者には知らされず、細かく分析された採点結果は苦手な部分を補って今後の役に立てろと告げているのだろう。

「凄いじゃないか、ナイ」

「うん、凄い」

ジークとリンが顔を綻ばせる。

「……凄いのかなあ」

ジークとリンと私は宿舎に併設された厨房で、試験結果の用紙を回し読みしている。私の筆記試験の結果は、全て満点に届かずのところで終わっていた。ケアレスミスをして数点落としており、満点を取れないことが締まらないと苦笑しながらジークとリンの結果に目を通す。

「騎士科の合格ラインを余裕で超えてるジークも凄いよ。リンは……ギリギリだったね」

リンは勉強が苦手だから仕方ないけれど、もう少し点数を上げることができたはず。実技は二人とも有無を言わさずの結果だった。私は普通科に入るので、実技の結果は白紙だ。魔術科に引き抜かれた人がいるなら、詳しく分析されているのだろう。魔術科の教師は、良い意味でも悪い意味でも変態が多いと噂だから、嬉々として分析したに違いない。

「……ナイを守れる力があればそれで良い」

「嬉しいけれど、自分のことを一番に考えようね」

私の言葉を聞いてリンが突き放された子犬みたいな顔になる。なにもしていないのに、罪悪感が湧くので止めてほしい。私を一番に据えずに自分のことを優先して考えてほしいけれど、貧民街時代から一緒に過ごしているせいか、私から離れることを彼女は選ばない。

いまだにしょげているリンの頭を撫でると、抵抗する素振りはみせないので少しは機嫌が戻ったようだ。身長と体形の差で、知らない人が見ると年下が年上を慰めているヘンテコな光景は、私たちの関係を知っている教会宿舎の人たちの間では、微笑ましく見守られている。

「良い匂いがしてきた」

リンが匂いを嗅ぎながら、先程とは打って変わってへにゃりと笑った。室内にはクッキーの甘い匂いが微かに漂ってきたので嬉しいのだろう。ジークは甘味やお菓子にはあまり興味を示さず、黙って椅子に座っていた。興味がないのに、部屋に戻らず私たちに付き合ってくれるのだからマメである。

「もう直ぐかな」

私は木製の丸椅子から立ち上がり、使い込まれた石釜に近づいて火力を確かめる。薪を足さなくても十分に焼けると判断して椅子に戻った。

「順調？」

リンが首を傾げながら、私の顔を見た。

「うん。今回は上手くできるはずだよ」

教会が運営している孤児院に顔を出すため、お菓子の差し入れを作っていた。お金は掛けられず、バターとお砂糖は少ないけれど、甘味は滅多に食べられないゆえに子供たちは凄く喜ぶ。前世で飽食時代を経験しているから硬くて味の薄いクッキーで喜ばれるのは切ないが、アルバトロス王国の庶民にはバターやお砂糖は高級品。裕福な方から教会に寄付され神父さまからお裾分けと言われ、たまたまバターとお砂糖を頂いていた。

「楽しみ」

リンが嬉しそうな顔になる。お菓子でも作って花嫁修業しなさいという神父さまの配慮なのだが、結構大変だ。道具もお粗末だし、オーブンレンジなんてない。ベーキングパウダー……ようするにふくらし粉もなく、美味しく作るには時間と労力とお金が必要になる。

教会は清貧を旨としているから魔術具で作られた冷蔵庫もなく、低温保存できないバターは日持ちせず消費することもままならない。孤児院に訪問する予定があるので、それならと作って差し入れすることにした。王国では小麦粉は安価に手に入り、クッキーを作るのに適していると聞いた品種を購入している。庶民にお菓子として普及しているクッキーは滅茶苦茶硬くて味も薄い。初めて食べたのは五年前。凄く硬い上に味がないとぼやきながらも咀嚼していると、ほんのりと口の中に広がる甘さに幸福感を覚えたものだ。あの頃が懐かしいと苦笑しながら、もう一度釜の様子を見れば十分に火が通ったようで良い色をしていた。厚手の手袋をはめて道具を使い、釜の中からクッキーを取り出す。

「ん、大丈夫かな」

良い色に焼けたクッキーを見て目を細める。何度か失敗して試行錯誤していたから、きちんとした焼き上がりを見ると嬉しくなる。オーブンレンジっぽい魔術具があるけれど、購入できるのはお金持ちの人だけ。手に入らないなら仕方ないし、工夫するのは嫌いじゃない。それに娯楽が少なく時間を持て余している部分もある。本を読むこともできるけれど、教会にある蔵書は五年間で読破してしまい、暇つぶしの道具を見つけるのが大変だ。で、見出したのが料理である。材料や道具が揃わず、作れる品が限られているけれど。

「ナイ、味見して良い？」

こてん、と小さく首を右側に傾げたリン。

「良いけれど、まだ熱いよ」

「ん、気を付ける」

鉄板から皿へと移したクッキーを手に取り幸せそうに頬張るリンを見てから、ジークに視線を向ける。

ないだろう。

「すまん、甘いものは苦手だ」

「知ってる。一応ね」

分かっていて聞いたので肩を竦めながら笑うと、ジークも笑い返してくれたので気にしていないだろう。

「口開けて、ナイ」

「リン？　あ」

背丈の違いで親鳥が雛に餌をやるようだったと、その場にいた人からあとで聞いた。リンと私の年齢は一緒なのに、どうしてこうも成長に差があるのか。身長もだけれど、出ているところは出ているし引っ込んでいるところは引っ込んでいる。私は顔も身体も凹凸が少ない。神さまなんて信じていないけど、これればかりは絶対に捻くれている神さまの嫌がらせだ。

半分に割られたクッキーを口の中に放り込まれて確り咀嚼すれば、バターの優しい味がほんのり広がる。硬いけれど会心の出来だと喜びながら、クッキーを清潔な布に包んで孤児院へ行こうと二人に声を掛けて席を立ちあがった。

教会が運営している孤児院へ足を向ける。宿舎を出て道を歩けば直ぐに孤児院が見えた。何度も訪れている孤児院だし、今日私が赴くことを施設の方たちは知っている。扉に手を掛け、きいと鳴る蝶番の音と同時に、部屋の中で遊んでいた子供たちが私たちの来訪に気付きわらわらと取り囲んだ。

「聖女さま、クッキー！」

無邪気に笑いながら私に群がってくるけれど、食べ物を持参しているのを目敏く嗅ぎつけたのだろう。代表格の子に渡すと、みんなシスターの下へと走って行く。決まった時間以外に食べることは基本駄目と教え込まれているから、間食の許可を取りに行ったようだ。

「元気だね」

「だな」

顔を見合わせて笑うリンとジークを見ていると、また奥の部屋から他の子供がどたどたと走りながらこちらにくる。

「ジーク兄、リン姉！　遊ぼうっ！」

二人の手を握り孤児院の庭へ出ていった。子供の相手は慣れているし、いつものことだから放っておいても問題はない。子供たちと手を繋いで外へと出て行く二人を見ていると、先程の子供より何歳か年上で身体の線が細い少年がこちらへとやってきて私と対面する。

「ナイ」

「やっほ、久しぶり。二週間振りくらいかな。ちょっと期間が空いたね」

笑顔を浮かべた彼は私が貧民だった時の仲間の一人で、この孤児院に住み込みで働いている。同じ境遇の子供を見て見ぬふりはできぬと、孤児院の職員として働くことを決意して今に至る。

「入学手続きとかで忙しかったでしょ？　顔を見せてくれるだけでも有難いよ。子供たちは『まだこないの？』ってナイたちを待っていたから」

「食べ物につられているだけかもしれないよ。もろもろの手続きは終わったから、院にくる回数は増えるかな。相変わらず此処は忙しいみたいだし」

　聖女としてお勤め代を貰っているので孤児院に寄付をしても良いのだが、そこはお貴族さまの役目。彼らの顔を立てるために余計なことはできず、制約がいろいろとある。大金を寄付して横領されたこともあり、お金に関しては敏感だった。お貴族さまと教会の関係から、必要な物品の方が有難いらしい。私は頻繁に物品の寄付をできないけれど、こうして顔を出すだけでも良いそうだ。

「うん。公爵さまに援助してもらってから環境は良くなったけど、人手は足りないから大変だよ」

　実はこの孤児院、公爵さまの援助を受けている。私が公爵さまに願い出て快諾されたのが縁で、以前は建屋がボロボロで経営も凄く大変な状態だった。

「なにか手伝うことある？」

「午後の仕事はほとんど終わったから大丈夫、ありがとう。あ、熱を出している子がいるから診てもらっても良いかな？」

　会って真っ先に言われなかったので、子供の容体は酷いものではないのだろう。医療の発達が遅いこの世界では、ある程度の年齢に達していても幼い子供の生存率が高いとは言えず赤子になると更に低くなる。

「了解。そうだ、先にシスターに挨拶してからでも良いかな？」

直ぐにそちらに向かうからと言葉を付け足す。

「分かった、部屋で待っているね」

片手を挙げ部屋へと向かって行く孤児仲間の後ろ姿を見送って、院長室の前に立つ。ノックをすれば直ぐに『どうぞ』と、少ししわがれた女性の声が扉を通して聞こえてきた。

「失礼します、シスター」

「聖女さま、ご機嫌麗しゅう。合格、おめでとうございます。あのどうしようもなかった子が、王立学院に通うことになるなんて。世の中、なにが起こるか分かりませんね」

五年前、聖女候補として召し上げられた際、公爵さまの次にお世話になったのが目の前の人である。にっこりと笑い深いシワを刻むシスターは、規律に厳しい方でかなり迷惑を掛けた。

「シスター、前の話はご勘弁を。あの頃のことは恥ずかしくて仕方ないので内密に……」

ジークとリンをはじめとした仲間内には知られたくない。兵士にとっ捕まって教会へ連れられ、聖女候補としてそのまま教会へ住む流れになった私は焦った。戻ると約束したのに、自分だけが温かい食事と寝床を安易に手に入れたことは認めがたく、食料を持って脱走を図った。直ぐにバレ、教会騎士が追っかけてきて捕まり戻されるのを何度も繰り返した。

他にも測定で目覚めた大量の魔力を持て余した。割ってしまった水晶玉には魔力を測定するだけでなく、未覚醒の魔力を呼び起こす機能も付与されている。本来はきちんと教育を受けて測定を行うのだが『黒髪黒目の少女を探せ』と筆頭聖女さまから告げられ、事を急いた教会は綺麗に忘れていたらしい。

仲間を見捨てた負い目を苛立ちとして抱えた私は、体の中を巡る大量の魔力を暴走させた。魔力を御せず、その苛立ちが拍車を掛け周囲を巻き込んだ。私の扱いに困り果てた教会は、筆頭聖女さまを経由して公爵さまに話を伝えてもらったようだ。こうして公爵さまとの縁が生まれた訳だが、いまだに気にかけていただいているのも不思議である。

「ええ、約束は違えませんよ。それより、いつもありがとうね。貴女がこうして顔を見せてくれれば子供たちは喜ぶもの」

シスターは深いシワを更に深めながら目を細めた。

「食べ物につられているだけのような気もしますがねえ」

あんなもので喜んでくれるのだから、ここでの生活が窺い知れる。もちろん貧民街で暮らすより、孤児院の方が安全で快適だ。質素だが食事はきちんと出て寝床もある。ただ教育を十分に受けられない。読み書きができない子がほとんどだし、職員の人も教える余裕はない。機会があれば外に出て、地面に文字を書きながら教えているけれど、読み書きの大切さを子供が理解するには難しく、教える側に根気が必要になる。

「それでも良いのですよ。笑うことさえ忘れてしまった子もいるのですから」

シスターの言葉にこくりと頷く。環境が酷いせいで感情をどこかに置いてきた子もいる。心を閉ざしていた子が少しずつ周りに興味を持ちはじめ、変化を見せてくれた時は素直に嬉しい。

「そうですね。熱を出した子がいるようなので、診てきます」

孤児院に伺(うかが)っているのは、聖女の務めを果たすためである。緊急性が高くなれば職員の誰かが教会宿舎に飛び込んでくるから、急ぐ必要はないと判断して先にシスターへ挨拶したのだ。

「ええ、お願いしますね、聖女さま」

シスターに役職で名を呼ばれることにむず痒(がゆ)さを覚え、勘弁してくださいと言い残して部屋を出た。院長室を出て大部屋へ向かうと、ベッドに横たわる女の子と先ほどの少年の姿が。

「様子は？」

私はなるべく足音を立てずにベッドサイドへ近づくと、顔を紅潮させた少女が胸を上下させながら眠っていた。

「ナイ。……まだ熱が下がらないみたい」

私の言葉に答えてくれた少年にひとつ頷きながら、少し辛そうだなあと少女の頬に触れると、手に伝わる体温が随分と温かい。

「そっか。——〝君よ、陽(ひ)の唄を聴け〟」

病気の治療というより、彼女が持つ自然治癒(ちゆ)力を高める魔術を掛けた。魔術に頼りすぎると良くないし、重病ではないので十分だろう。お医者さんに診てもらうのが一番だけれど、治癒魔術や聖女が存在するから科学的治療の進歩はかなり遅い。魔術で身体の欠損を治すこともでき、医療分野の研究が遅々として進まないのだ。

「大丈夫かな？」

「うん。体力が落ちているだけだから、栄養があるものを食べて寝てれば直ぐに治るよ」

素人診断だから怖い部分もあるけれど、診た感じは風邪の初期症状っぽいし子供の治癒力に期待しよう。悪化するなら、効果の高い魔術を掛ければ良いだけだ。

「良かった。寝ているだけじゃあつまらないし、みんなと早く遊びたいよね」

少年がふうと安堵の溜め息を吐いて、女の子の布団を掛けなおしている。

「ま、宿舎の食堂からなにかかっぱらってくるよ」

「え……それって怒られないの？」

彼はぎょっとした顔を浮かべて私を見る。

「んー……まあ、上手く誤魔化すから」

「ようするに怒られるんだね……でも、いつもありがとう、ナイ」

柔和な顔を浮かべた彼と出会った頃は『ありがとう』ではなく『ごめん』が口癖だった。あまりにも連呼するから謝罪の言葉より感謝の言葉の方が嬉しいと伝えると、頑張って変える練習をして今の彼の口癖は『ありがとう』になっている。優しいが気の弱い部分があるので心配していたけれど、孤児院の職員として頑張っているようでなによりだ。

「気にしないで。一応、仕事だから」

何度も言うが、聖女の役目でもある。欲のある聖女さまは相手を選ばずお金をふんだくっているそうだが、私はお金持ちかお貴族さまからふんだくる。それ以外は、教会が決めた料金をお願いして、無理ならいろいろと立ち回る。私は聖女であって医者ではないけれど……憧れるよね、前世で読んだ漫画の某無免許天才外科医のカッコ良さと人間臭さには。

私が孤児院をマメに訪れるのは、仕事の一環ともう一つ理由がある。この孤児院は私が公爵さまにお願いして支援を取り付け、逼迫(ひっぱく)した状況を変えてもらっていた。彼からの資金援助も続いている。公爵さまはノブレスオブリージュ……身分の高い者がそれに応じて果たさねばならない社会的責任と義務としか考えていないけれど、世間の目は大変厳しい。

子供がよく死ぬ孤児院だ、なんて噂が流れると公爵さまの評判に傷がつく。豪胆(ごうたん)な公爵さまが噂ごときに折れることはないが、どこでなにを言われるか分からない。後ろ盾である公爵さまの評判を落としかねないことは避け、用心しておいた方が良い。

「明日も様子を見にくるから。——それじゃあ、また」

「うん。ありがとう」

軽く手を振って大部屋から出る。我ながら打算的な生き方をしているなあと木板の廊下を歩き外に出て、ジークとリンに声を掛け宿舎へと戻る。食堂で下働きの人を捕まえて小金を渡し、明日の買い出しのついでに、栄養のある物を買ってきてほしいと頼み用事を済ませた。

明日も明日で忙しい。

一ヶ月後には学院で着用する制服の採寸や教科書の受け取りがあるし、登城して障壁維持のために魔力を注ぎ込みに行く予定だし、孤児院にも顔を見せると約束している。

暇を持て余すより良いけれど、時折なにもしない時間も欲しいなと欲が出てしまう。そうして忙しい日と、そんな忙しい日に嫌気がさして一日なにもしないと決めた日を繰り返すのだった。

——今日は治癒院が開かれる日であり、忙しい日でもある。
入学の準備に追われているけれど、たまには聖女の仕事もこなさないと周りの視線が怖い。教会から治癒院開院の知らせを聞き、参加すると返事をしたのが昨日。私の専属護衛であるジークとリンを引き連れて教会に赴いていた。
治癒院と初めて聞いた時、疑問が湧いた。治癒の院だから、そのまま治癒を施す場所というのは理解できる。ただ真っ先に赴くならば、病院だと考えていた。が、アルバトロス王国に病院は存在しない。病院の代わりに開かれるのが治癒院で、治癒魔術を扱える聖女さまが集い、治癒院へやってきた人に魔術を行使する。もちろん有料。人を動員しているから無償で賄うことは難しく、寄付という名目でお金を取っている。教会が取り仕切る行事だから代金は安いが、それでも払えない人がいた。寄付が難しい人には物納も可能だと告げて交渉するか、分割払いをお願いしている。お金を払えないと分かると、治癒を施してくれない聖女さまもいらっしゃる。聖女であるが仕事の側面が強く、お金にならないイコール生活ができない図式が出来上がり仕方のない部分で責められないところだった。

「こんにちは。本日はどうされましたか？」

私はにこりと笑みを携えて、相対した方と視線を合わせた。ざわざわと騒がしい教会の一室。ひっきりなしに人が来院しており、シスターや神父さまも誘導役として駆り出されている。ジークとリンは私を気にしつつ、警備と誘導を担っていた。治癒院が開かれるといろいろな人が舞い込んでくる。荒くれ者が乱入してきた時、武力行使できる人は重宝されていた。

適性がある聖女さまは魔術を範囲で施し一気に多数の人を治せるのだが、話に聞いただけで目にしたことはない。私の場合は一人ひとりから症状を聞き、一番合いそうな治癒を施す。面倒だから一気に魔力を放出して、大勢の人を治せないかと考えたこともあるけれど、掛けたはずなのに一人だけ治っていない等の問題を起こすと事後処理が大変だし地道に診ていくのが一番だった。

「聖女さま、よろしくお願い致します。指先が動き辛くて……」

老いた女性と表現するにはまだ早い方だ。ゆっくりと頭を下げたあとに私を見据える女性は、切羽詰まっている様子。仕事ができないイコール飢えてしまう情勢だから彼女の気持ちは理解できる。

「手を見せてください。症状は以前からありましたか？」

指先が震えてまともに動かないようだった。手先を使う仕事が多いのか、長年使い込んできたのだろう、指が節くれ立って曲げ辛そうだ。リウマチや痛風かと疑うが、残念ながら専門的な知識は皆無。表面上の知識は備わっているけれど、深いところまでは理解できていない。
　魔術で誤魔化しながら、あとは適度な運動とバランスの取れた食事と十分な睡眠を摂っていただくしかない。運動と睡眠は確保できるが、食事となると難しい。アルバトロス王都は内陸に位置するので魚は高級品。となればお肉だが、お肉も高値で取引されているため、食せるのは裕福な人に限られる。お金に余裕がない人たちは、動物性たんぱく質なんて滅多に取れない。主食はパンか麦粥、おかずは野菜スープが一般的。教会宿舎で提供される食事も、毎日変わらない献立だ。貧民街時代を経験しているから、お腹を満たせるだけでも有難いけれど、もう少し食糧事情は改善しても良い気がする。

「触りますね」

　彼女の手を取って、指を一本ゆっくりと曲げる。その際に、自身の魔力を練り相手の手に集中するのを忘れない。魔力の相性があり、相性が最悪だと全く効かないことがある。術を掛けてから気付くと魔力の無駄で、無駄を省くためにパッチテストのように調べておく。

「っ！」

　女性は顔を顰めながら痛みに耐えていた。少々の痛みであれば我慢し、悪化してから治癒院へと足を運ぶゆえに手遅れになる場合も多い。症状が現れたら気楽に立ち寄ってほしいけれど、人が溢れ返っているのが常で気後れするのだろう。あとは病気に対する知識の低さが原因か。
　どうにかならないかと思案するけれど、私一人の力ではどうしようもない。文化レベルが違うから、話をしても信じてもらえないこともある。だから私が治癒を引き受けた人には、症状が治らなければ私を再度指名してほしいと伝え、追加料金は取らないと告げるくらい。ままならないなあと考えながら、女性に魔術を施した。

「痛みが……消えました。指も曲がります！」

女性はずっと我慢してきたのか、本当に嬉しそうな顔を浮かべ目尻には涙を溜めている。

「あまり無理はしないでくださいね」

この言葉に意味はないが、念のために伝えておかなければ。椅子から立ち上がり礼を執る女性に、痛みが引かなければ教会に赴いて治癒依頼を名指しで出してほしいと告げる。

そうして次の人が椅子へと座り、症状を聞き出す。症状を聞かないまま、魔術を施すこともできるけれど効果が薄くなるので基本はしない。病院に行った時に親身になって症状を聞いてくれるお医者さんの方が安心できるので、その真似事でもあるけれど。ただ、症状を聞かないまま治癒魔術を施して感謝されている場面を見たこともあるから、聖女として正しいのかどうかは謎のままだった。

「ふう、終わった。……ジーク、リン、お疲れさま」

最後の人に治癒を施し教会の扉まで見送って再度中へ戻り、ジークとリンを捕まえる。魔力が多く備わっているから、治癒院で処置を施していると最後まで居残っていることが多い。魔力切れを起こした聖女さまは先に自宅や宿舎に戻るので、人気が少なくなり教会の中は静かだった。こんな時は神父さまかシスターが、お供え物の余りや物納された品で日持ちしない食べ物をお裾分けしてくれるので嬉しいけれど。

「ああ。お疲れ」

「お疲れさま、ナイ」

簡易的に出されていた机や椅子を片付けているジークとリン。二人は教会騎士服を纏(まと)っているので、騎士が後片付けをしている不釣り合いな光景に笑みが零(こぼ)れた。

「みんなに挨拶してから宿舎に戻ってご飯食べよう。お腹空いた」

私の言葉に同意の返事をくれたジークとリンに倣(なら)って、手近な椅子を持って片付けを手伝う。聖女が片付けなんてしなくてもと言われそうだが、神父さまとシスターたちに教会職員の方たちも片付けており、横目で見ながら先に帰るのは気が引ける。

よいしょ、と椅子を抱えて移動していると、誰かとぶつかりそうになった。

「おっと。これは失礼を」

聞き慣れない声に誰だろうと顔を上げれば、銀色の長い髪を一つに纏めて右肩に流し、柔和な笑みを浮かべている知らない男性だった。身形(みなり)が良く顔立ちも綺麗だから、お貴族さまだろうか。教会で見たことのない方だし、一体誰だろうと首を傾げたくなるが、お貴族さまなら無礼があると私の首が飛んじゃうので慌てて頭を下げる。

「申し訳ございません。確り前を見ておらず、このようなことになってしまいました。無礼をお許しください」

「ああ、いえいえ。聖女さま、そのように畏まらないでください」

てっきりいちゃもんを付けられると覚悟していたのに、頭を上げてほしいと請われた。目の前に立って綺麗な笑みを携えた男性は治癒院に興味があり、教会にお願いして見学していたとのこと。治癒魔術が使えないので、打開策が転がっていないかと覗いていたそうだ。

全く気付かなかった私も私だけれど、お貴族さまなら家庭教師を雇って教えてもらった方が早そうだが。魔術を専門に教える方が一定数いるから、お願いすれば良いのに。

「では聖女さま、僕はこれで失礼致します。またお会い致しましょう」

「はい。ではまた」

始終穏やかなままいくつか言葉を交わして、自然な形で別れを告げた。誰なのだろう。名前も知らない人に何故か再会の約束を取り付けられた。

二日後にはアルバトロス王立学院へ通うことになるから、先ほどの男性のことを考えるよりも、三年間平穏無事に学院生活を送り、卒業できることを願った方が建設的だなあと、信じていない神さまの偶像に視線を向けて目を細めるのだった。

——入学式、当日。

合格発表からあっという間に時間が過ぎた。真新しい制服に身を包み、学院が用意した乗合馬車に乗り込んで、ジークとリン、そして私は王城近くの学院までやってきた。学院を囲う壁際には桜のような木の花が咲き乱れ、零れ落ちた花弁が地面を桃色に変えている。

「生徒、結構いるね」

私はきょろきょろと行き交う生徒を見ながら言葉を口にした。正門横にある守衛所に目をやれば、騎士さまの姿。お貴族さまが通う学院だから、警備員も配置されているようだ。

「貴族がほとんどだけどな」

ジークの言葉通り、学院に通う生徒の多くは貴族の子女である。民間にも門戸が広がったけれど狭き門だ。騎士科と魔術科は学科の特性上、貴族と平民の割合が逆転するけれど、お貴族さまの方が幅を利かせるのは明らかだろう。

馬車は学院の敷地に入れない決まりなので校門前が渋滞していることに驚くし、お貴族さまを見届ける使用人の数にも驚いた。使用人を侍らして数を競い合っている学院生がいるそうで、私たち三人は凄いねえと他人事で横を通り過ぎてきた。

「兄さん、ナイ……向こうにクラス編成と今日の予定を張り出しているから確認しなさいって」

案内役の教師から聞いたのか、リンが掲示板の方を指差した。

「行くか」

「ん」

人だかりができている方へ三人で歩いて行き、前が捌(は)けるまで並んで待っていた。

「邪魔だ、どけっ！」

「っ」

待っていた私に男子新入生の腕がぶつかると、たたらを踏んだ私の顔を睨(にら)みつけて文句を言ってきた。元気が有り余っているなあと目を細めると、私の横に立つジークとリンの気配が一変したことで、少し頭に昇った血が元に戻る。

「申し訳ございません。以後、気を付けますのでお許しを」

悪いのは向こうだけれど、私は平民だから言い争いをしても負けてしまう。下手をすれば、不敬だと言われ首と体がお別れしてしまうこともある。無難に頭を下げ謝罪の言葉を紡(つむ)ぐと、嫌そうな顔を浮かべて舌打ちされた。相手の男の子は、これ以上は不味(まず)いと判断したのだろう。

「っ、ぼうっとするな、チビっ！　くっそっ！」

捨て台詞(ぜりふ)を吐いて、掲示板の前へと進んで行くのだった。学院へ通う貴族の子女ならお互いの顔を覚えているので、私を平民と判断しての悪態だろう。成人前だけれど貴族の皆さまは、寄子(よりこ)や寄親、さらには敵対している家……ようするに縦や横の繋がりを気にして生きていかねばならないし、継嗣(けいし)になれない男子は自力で就職先を探すか、どこかに婿入りしなければならず大変だ。楽しく馬鹿(ばか)ができるのは学院生までだから、ヤンチャをしたい年頃なのだろう。

「……良いのか、ナイ」

　ジークが声を半音下げて私に問う。

「良いもなにも、逆らっても意味がないし波風立てない方が余計な恨みを買わないで済むよ。それにどこの家の人か分からないからね」

　面子を大事にするのがお貴族さまだ。平民に言い負かされたなんて噂は不名誉だし、どんな人かも分からない。彼を貶めたい人がいれば、女子生徒に無理矢理に難癖を付けて罵倒し貴族の品位を落としていると噂を流すから、損をするのは先ほどの彼である。

　公爵さまから学院に通う高位貴族の出身者は覚えておけと告げられ、姿絵入りの貴族名鑑が届き主要な方の名前と顔は覚えている。先程の彼を知らないので、伯爵家以下の出身だろうと当たりをつけたけれど、お貴族さまから売られた喧嘩は買わない方が無難だ。公爵さまの後ろ盾があるものの迷惑を掛ける訳にはいかないし、子供同士の喧嘩で親を出すようなものだから格好がつかない。

「他の平民の人たちも同じような目にあうだろうし、我慢するしかないよ」

　ムキになって言い返していたら、相手も意地になりそうだもの。平身低頭、ことなかれ主義万歳。嗚呼、素晴らしきかな、日本人であった社会人時代の教訓よ。セクハラ、パワハラを受けた訳でもないし、あれくらい可愛いものだ。

「……」

「そう怒らないでよ。ジークとリンにも降りかかることがあるから、絶対に反論とか手を出しちゃ駄目だよ」

私は苦笑いを浮かべながら、不満顔のジークへ言葉を掛けた。

「分かってはいるが……」

「理不尽だよねえ。でも、これが現状だからね。変えたいなら革命起こして平民の中から代表者を選出するようにしなきゃ無理じゃないかな」

二人なら我慢できるはずだと、私は冗談めかして肩を竦める。

「っ！」

「？」

ジークはハッとした顔をし、リンは意味が分かっていないようだった。民主化なんて夢のまた夢。この感じなら何百年も掛かるだろう。少々危ない発言だったかと周囲を見渡すけれど、私たちを気にしている人はいないので大丈夫。

「順番きたよ」

「……ああ」

私は前を指差して、三人で掲示板の前へと立つ。割り込まれてしまった分遅くなったが、順番になったのでクラス編成を確認できる。

「兄さんと私は同じクラスだね」

リンとジークは同じクラスのようだ。騎士科は二クラス、魔術科一クラス、普通科三クラス、特進科一クラスが、一学年の学科編成である。さて、私は普通科のどのクラスかなと、張り出された紙を右から左へ視線を動かして確認していく。

「は？」

「ん？」

「あ？」

私、ジーク、リンの順で声が出た。普通科の編成が書かれた紙の最後に『左記二名は筆記試験の結果を考慮し、特進科へ転科とする』と書かれ私の名前が載っていたのだった。

「意味が分かんない、なんで……？」

私は片眉を上げて口を歪に伸ばしながら、いつもより低い声が勝手に口から出ていた。

「だが、書かれていることは事実だろう」

「凄いよ、ナイっ！」

自分のことのように喜んでくれるリンには悪いけれど、特進科は貴族の子女で成績優秀者のみの編成と聞いている。何故、普通科から二人も転科しているのか……意味不明だ。普通科より授業内容が難しくなるので、確実に大変になるのが目に見えている。貴族の子女なら入学前に知識を身に着けているだろうが、私はゼロからのスタートなので不利極まりない。人間関係には期待しておらず、貴族の、しかも雲の上の人たちと仲良くなれることはない。彼らは彼らの付き合いがあるのだから。

「え、嘘(うそ)！　あたしが特進科に？」

私の隣で声が上がり、釣られて顔を向ける。声の主であるお嬢さんが、特進科に転科となったもう一人の生徒のようだ。随分と可愛らしい子だった。緩くウェーブのかかったピンクブロンドの長い髪、翡翠(ひすい)色の瞳に少し涙を浮かべ、胸の前で両手を組み無邪気に喜んでいる。私はこれからのことを考えると、彼女と一緒の気持ちになることはなかった。

――アリス・メッサリナ。

それは新たな命を得たあたしに付けられた名前。――死んじゃった。何故か記憶を持ったまま赤ちゃんになって生き返った。魔法や魔物が存在する世界で、二〇二〇年代の日本とは全く環境が違っていたけれど。

前世のあたしは大学生だった。裕福な家庭に生まれて大学まで通うことができた。パパとママは上昇志向が強く、きちんと勉強して一流企業に就職してほしかったみたい。小学校から高校まで競争の激しい進学校に通っていた反動で弾けてしまい、大学生活を始めると遊びまくった。私大に入学して入ったサークルの先輩や同級生たちはお金持ちが多く、それゆえに身形が良く顔も良い。男の子たちは優しくて紳士だったたし、ご飯も良い雰囲気のお店に連れて行ってくれ、旅行にも連れ出してくれた。

入学から半年後、サークルの女の子たちから人気だった先輩の一人とお付き合いすることができた。でも、あたしはその人で満足できなかった。彼よりカッコ良くてお金持ちの男の子は他にもいる。だから女の魅力を使い、周りの人間を蹴落としながら新しい彼を手に入れる努力をした。付き合っている彼氏とは別れて、もっと良い彼氏を手に入れた！

彼氏を変えながら、大学に入って三年経った頃。今、付き合っている彼氏は元華族のお金持ちの子で、親が買い与えてくれた国産高級大型クロスカントリー車に――興味はないのに彼氏が自慢気に教えてくれた――乗って、大音量の音楽を流しながらホテルに行く途中のことだった。スマホでSNSをチェックしていると、彼氏が『あ』と短い声を上げて、あたしは画面から視線を外してフロントガラスを見れば大型バスが迫ってた。そのまま衝突して車ごと吹き飛び、歩道を歩いていた誰かを巻き込んだところまでは記憶に残っている。

死んでしまったのだろう。だって、日本ではない違う世界で、あたしじゃないあたしになっているのだから。あたし一人だけ死ぬなんて悔しいから、みんな巻き込まれて死んじゃえば良いと考えたこともある。でも嬉しいこともあった。

――乙女ゲームの世界……！

生まれ変わった先の世界が乙女ゲームの世界と気付くことができたのは、鏡の前であたしに名付けられた『アリス・メッサリナ』という名を呟(つぶや)いた時だった。なんとなく呟いたその名前をきっかけに、どんどんとゲームの情報が頭の中を駆け巡り、ここがゲームの世界なのだと信じさせてくれた。

ゲーム世界と信じた一番の理由は、あたしがゲームの主人公そっくりだったこと。緩いウェーブのかかったピンクブロンドの髪に翡翠色の大きな丸い瞳に女の子らしい可愛い顔は、本当にゲームの主人公そのままだった。

あたしが乙女ゲームを手に取ったきっかけは、同じサークルに入っていた根暗な子が持っていた携帯ゲーム機をなんとなく取り上げたことが始まり。確か大学に入って二ヶ月が経った頃かな。部屋の片隅(かたすみ)でオタクの子たちが集まって、こそこそと騒いでいた。明るい人が集まっているサークルなのに、いかにもな子たちがいることが信じられない。入学当初、先輩たちが手当たり次第に新入生へ声を掛けていたのが原因だと誰かが言っていたけれど。

根暗な子から聞いた話では、豪華有名声優をふんだんに起用し、絵も上手い人を集めてかなり話題になっているらしい。シナリオは賛否両論だけれど、標準的なよくある異世界を舞台にしたゲームだって。メーカーが、処女作が、と早口で説明されたけれど意味が分からなかった。楽しそうに語る子を無視して電源を入れゲームが始まりスタートボタンを押す。最初は主人公の名前を決めることからだった。アリスという名前がデフォルトらしい。偶然あたしと同じ名前だったから興味が増す。文字だけでなく音楽が流れたり、キャラが喋(しゃべ)っていたり。表情もコロコロ変わって、感情豊かに表現されていた。活字の本しか読まなかったあたしには目新しく、プレイしたい気持ちが強くなった。

『このゲーム、借りるね』

興味は湧いたけれど、自分でゲーム機とソフトを買うつもりなんてない。攻略キャラの一人を終えたと言っていたし、あたしが興味を持ったのだから借りても問題ないだろう。

『え、でも……』

自分の主張をはっきりと言えない子は嫌いだ。どうしてこんなにオドオドしているのだろうか。嫌なら嫌って言っちゃえば良いのに。友達が少なく、顔も劣っている子があたしに敵う訳がないし、サークル内で味方が少ないから仕方ないけれど。

『良いじゃない、貴女はもう終わったのでしょう？』

ぶつぶつとなにか言っていたけれど、聞こえない言葉に価値はないし意味もない。

『ありがとう、借りるね！』

無理矢理に奪ったと噂を立てられても困るから、大きな声を上げ、ゲーム機を貸してもらったのだとサークル仲間に認識させた。

主人公を介して、お金持ちでイケメンの男の子とお付き合いするのは楽しかった。優しくて、主人公の行動を肯定してくれる。王都の街に繰り出して遊んだり、時には一緒に戦った。付き合い始めると、甘くてむず痒くなるような言葉を伝えてくれる。現実の男の子には無理な言葉で、あたしはゲームにどっぷりと嵌った。サークルの子たちは、あたしがゲームに嵌るなんてと呆れていたけれど面白かったから仕方ない。人気だけあって凄い勢いで続編やファンディスクも発売され、当然あたしも発売日にゲットして寝ずにクリアを目標にして楽しんだ。

でも、死んじゃった。彼氏が運転していた車が対向車線に飛び出して、バスと正面衝突したなんて信じられないけれど。嵌っていたゲームが舞台の世界で生きていることが信じられないけれど……。

——それなら。

攻略キャラはみんなお金持ちだし、イケメン揃い。なら、狙うしかないよね。鏡の前に立つあたしの両頬を手で叩いて気合を入れる。

「よし、みんなに会うために頑張ろう！」

平民が王立学院に入学するには試験がある。パパとママに受験したいとおねだりすれば凄く喜んで協力してくれた。前世の知識があるから勉強は簡単だった。語学はちょっと難しかったけれど、直ぐに覚えられたので家庭教師の先生やお店の人に家族、みんなが褒めてくれた。万全を期して受けた試験結果は、なんとっ！　全教科満点！　しかも、入学式のクラス編成発表で特進科にクラス替えをすることができたの！　鼻歌を歌いながらアルバトロス王立学院校舎に続く道を歩いて行く。

「広いなあ……」

ゲーム世界が目の前に広がっていることにテンションが上がる。入学式が始まる前に、特進科の教室へ行かなきゃいけないけれど、好奇心から特進科の校舎へと続く道を逸れた。

「あ……嘘！」

あたしの口から自然と声が漏れる。豪華な紫色のマントを羽織っている、背の高い細身の男の人を見つけた。長い銀色の髪を一つに結んで右肩に掛けて前に流している。ゲームの攻略キャラ、ハインツ・ヴァレンシュタインだった。ゲームの攻略対象を視界に捉えたことが嬉しくなって、後ろ姿を追いかけたけれど直ぐに見失った。

見失ったけれど学院に特別教諭として彼は通っているのだから、機会があれば再会できるもん。それに今から向かう特進科には第二王子のヘルベルトと側近候補の四人がいる。騎士科にはジークフリードもいる！　本物に会えることに興奮しながら、あたしは特進科の教室へと踵を返す。ところで此処は何処だろう？　しまった！　迷っちゃったと舌を出し、とりあえず誰かを捕まえようと歩を進めるのだった。

普通科から特進科への転科に驚き、掲示板側にいた年若い教諭を捕まえて事情を聞いた。

彼、曰く。

学院史上、試験で初めて満点と数問間違いの高得点をたたき出した受験者がおり、職員会議の結果、二人を特進科へと転科させることが満場一致で決まった、と。特進科は貴族出身で成績優秀者のみの編成だと聞いていたのに、こんなことになるなんて。学院側はなにを考えているのだろうか。目の前で困り顔を披露している教諭に問い詰めても意味はなく、ここは諦めてさっさと教室へと向かった方が良さそうだ。少し時間が押しているし、特進科クラスで下っ端になることが決定しているのだから。

「大丈夫か、ナイ?」

「どうにかなるよ。それに、孤児だった頃に比べたら全然マシだからね」

私に付き合ってくれているジークとリンも入学初日に教室に遅れて入る訳にもいかず、笑って大丈夫だと伝えると呆れられた。呆れられたことに噛みいても、私の周りでいろいろと事件が起こりすぎていて『これもナイが引き寄せた運だろう』と言われるのがオチ。栄養失調寸前の貧民街時代に比べれば些末なことだ。面倒事は増えてしまうけれど。

「ジーク、リン、行こう。遅れると不味いし」

「ああ」

「うん」

校舎の方へと歩き始めて暫く。騎士科と特進科の校舎が別のため、二人と別れなければならなくなった。

「ここまでだな」

「ナイ、無茶したら駄目だよ」

私を見下ろしながら告げるジークとリン。

「無茶なんてしないし、無茶するようなことが起こる訳ないよ」

リンが言った無茶なんてするつもりはないし、学校生活なのだから無茶をすることはない。先程、掲示板の前で出会ったお貴族さまは偶然ガラが悪かっただけだ。ほとんどの人は平民なんて相手にしないので、私を空気扱いするだろう。

「じゃあ、またあとで」

ジークとリンに軽く手を振って別れ、特進科の校舎に続く道を歩く。綺麗に整備された中庭を突っ切りながら、周りを観察しつつ少し早歩きで進む。校舎は近代と中世を混ぜ込んだような、不思議な感覚の建物だった。中世っぽい国なのに、この学院は日本的なもの、例えば桜のような木があったり、かなり近代的な造りの水洗トイレがあったりと世界観が混ぜこぜだ。制服もスカート、ブレザーにネクタイで随分と服飾センスが新しく、種類もいくつか用意され自由に選ぶことができる。外に出ると目立ちそうだけれど、街中で見かけた学院生を気にしている人はおらず、王都の日常に馴染（なじ）んでいるのだろう。こういう時は、こういうものだと納得した方が早いのは、魔力や魔術、魔物や魔獣が存在すると知った時に心得ていた。中庭を抜けて特進科の校舎に迫る頃、気配を感じて速度を緩める。

「待て」

横から声を掛けられ、声の主に向き直る。そこに立っていたのは、学院の制服を着込み、陽に光る金糸の髪をシニヨンで纏めた端整な顔立ちの女子生徒。また私より背が高いのは、どうにかならないのだろうか。夜にこっそり山羊（やぎ）のミルクを飲んでいるけれど、私の背が伸びる気配は一向にない。とりとめのないことを考えながら、もう一度目の前の生徒の顔を見ると既視感が。どこかで感じたモノを手繰り寄せる。

ああ、そうだ。公爵さまにお貴族さまの顔と名前は覚えて損はないと、送られてきた貴族名鑑に彼女に凄く似た姿絵が載っていた。その人物は公爵さまの孫娘、ソフィーア・ハイゼンベルグ公爵令嬢。公爵さまとは似ておらず、細身の綺麗なお方だった。

「ネクタイが曲がっている、直せ」

彼女は私に高圧的な言葉を投げ、目を細め不快な表情を浮かべている。彼女に従って顔を下に向けると、確かに私のネクタイが曲がっていた。指摘を無下にする訳にはいかず、慣れないネクタイに悪戦苦闘しながら直すことができた。鏡があればもう少し早く直せたのかもしれないが、ないものは仕方ない。

「ありがとうございます。お陰で恥をかかずに済みました」

教室に入って後ろ指を指されるよりも、指摘されて直した方が助かるので礼を述べた。

「ふん。頭を下げる前に、最初から気を付けておけ。身だしなみはきちんと整えろ」

普通、身分の高い人が下の者や関係のない人間に声は掛けない。公爵さまが彼女に私の話をしたかと考えが過（よぎ）るが、それはない。あの人は仕事を家庭に持ち込まないだろう。夫婦円満で今でも冷

める気配がないと、公爵さまの部下から聞いたことがある。そんな人が孫娘に私の話をするとは考え辛い。

注意してくれた当の本人は鼻を鳴らして踵を返し、さっさと校舎の方へ向かって行った。備え付けてある近くの時計を見ると、もう直ぐ集合時間になる。急ぎ足を駆け足に変え、校舎の中へと入り教室を目指す。

——い、居場所がない……。

特進科の教室に入ると、異様な視線を向けられてしまった。覚悟はしていたけれど、こうもあからさまとは。仕方がなく教室の片隅に移動して、手持無沙汰に周囲を観察しているのだけれど、先ほどから刺さる視線はかかわるなと言いたいのだろう。彼らからすれば、私はどこの誰とも分からず、貴族でもないのだから不審人物としか映らない。廊下には護衛の方が何人も控えているので、高位の方がクラスに在籍するのが分かる。先程の公爵令嬢さまも、王国において重要な立ち位置だろうし、警備を受け持つ人は大変だ。問題が起これば、自分たちの首が飛ぶ。比喩ではなく実際に飛ぶものなあ……この世界。

「各自適当に席に着け～」

無精髭を生やした中年男性が軽いノリで教室に入ってきた。こげ茶色の髪を無造作に伸ばして後ろで結び、垂れ目が彼のやる気のなさそうな雰囲気に拍車を掛けていた。

「ごめんなさ～い！　遅れました！」

ガラリと教室の引き戸を引いて入ってきたのは、掲示板の前で特進科へ転科できることを喜んでいたピンクブロンドの女の子。息を切らしながら唯一空いている席に腰掛けた。

「間に合って良かった。あ、よろしくお願いしますね！」

元気だなあと視線を彼女へ向けていると、隣の席となった男子生徒へ無邪気に声を掛けていた。その方はこの国の第二王子殿下だよ……。顔を知らないのか、なにも考えていないのか、第二王子殿下に自然に声を掛ける人がいるなんて予想外だ。

「ああ、よろしく」

第二王子殿下が彼女に短く返事をした。良いのかなあ、平民に声を掛けて。隣国の王子さまや王女さまが学院に留学して、彼へ声を掛けたのなら問題はない。二国間のことを考えて、仲良くなれるなら好都合。だが平民出身の彼女と仲良くしても得することはない。むしろ隙を見せていると周りから見られそうだけれど。ただ平民も在籍する学院だから、あまり横柄な態度を取る訳にもいかないのか。

誰にも分からないように心の中で溜め息を吐くと、ピンクブロンドの少女へ厳しい視線を向ける人がいた。気になって探ると、視線の元は公爵令嬢さま。私のネクタイのことを注意した時よりも更に厳しい表情で、自分に向けられている訳でもないのに背中に汗が一筋流れるのを感じると、嫌な雰囲気を打ち破る人が。

「俺を無視せんでくれんかねえ……。今日の予定と今後のことを簡単に説明していくぞ～」

呆れ声を上げた人は、特進科一年の担任教諭だそうだ。これから始まる入学式の説明と今後の学院行事をざっくりと説明して、講堂へ移動するように促(うなが)される。集まっていた在校生の席を抜け、一年生に用意されている椅子に腰を掛けると開会のアナウンスが流れる。魔術具で作ったマイクで講堂の端から端まで声が届くように配慮されていた。

お偉いさん方の挨拶が終わり在校生挨拶となった。生徒会長の第一王子殿下が、学院に早く馴染めるようにと心遣いを述べている。サラサラの髪に目鼻立ちのはっきりした顔、身体の発育の良さ。同じ制服を着ているのに、私たちとは身に纏っている空気が違う。そんなことを考えていると、先程教室にいた第二王子殿下が新入生代表として壇上に立つ。

「学院に咲く桜の花が私たちを迎え入れ、本日から――」

殿下は声変わりが終わっていないのか少し高い音を感じさせながら、綺麗なテンポと抑揚で原稿を読み上げていく。彼の姿にキラキラと目を輝かせて顔を上げているご令嬢たちが何人もいて、ピンクブロンドのクラスメイトもその中の一人だった。若いねえと周囲を見ていると、数名の女子はなにかを考えている顔で殿下を見上げていた。

校門の桜もどきは桜だったのかと妙な感じになりつつ、さっぱり分からない学院の校歌を披露され、無事に入学式を終えて教室へ戻る。少し遅れてやってきた担任教諭に、今度は空いている席に座るのではなく、個人に割り当てられている席に着くように指示された。それから細々とした説明を受けて、自己紹介へと相成るのだった。

「あー。そんじゃあ、まずは特進科一年担任の俺からな」

本来は必要ないものではあるが、と付け加えられてピンクブロンドちゃんと私に視線が向けられる。貴族ばかりなら既に名前と顔は知っている。高位の子女の皆さまであれば名前が売れているから必要ないものだしなあ。平民が特進科へと入るのは初のことだから、目の前の教諭は先ほどから面倒くさそうな顔をしているのだろう。

「……――だ。二年や三年、他の学科の教諭の名前は追い追い覚えていけば良いだろう。これから一年間、よろしく頼む」

問題は起こさないでくれよ、と幻聴が届いた気がする。名前は不思議と聞き取れなかった。

「殿下、よろしくお願い致します」

自己紹介なんて必要のない方だけれど、形式上必要になるのか。

「皆は知っているだろうが、ヘルベルト・アルバトロスだ。三年間よろしく頼む」

殿下が静かに席から立って声を上げた。新入生挨拶での柔和そうな雰囲気は何処へ行ってしまったのか。語気を強めて端的に自己紹介を終えた彼は、こちらが素のようだった。サラサラと靡く金色の髪、アイスブルーの瞳に高い鼻筋、きりりと整った眉に切れ長の目。

美男美女率が高いアルバトロス王国。教室を見渡すと街の人たちより顔面偏差値が上がっている。顔面偏差値が普通な私の立つ瀬がないなと微妙な気持ちになると、次の人がしずしずと席を立った。

「ソフィーア・ハイゼンベルグです。皆さま、これからよろしくお願い致します」

校舎前でネクタイが曲がっていると教えてくれたご本人だ。その時とは言葉遣いを変えて物腰が柔らかくなっているし、雰囲気も丸くなっている。外交用なのだろうなと、この年齢で使い分けていることに感心していると次に移った。

第二王子殿下の乳兄弟であり側近候補の侯爵家三男、ユルゲン・ジータスさま。

近衛騎士団団長の息子であり伯爵家嫡男、マルクス・クルーガーさま。

魔術師団団長の息子であり子爵家次男、ルディ・ヘルフルトさま。

教会の枢機卿の一人を務める子爵家三男、ヨアヒム・リーフェンシュタールさま。

国の政や重要機関関係者の子息たちの挨拶が続いていた。彼ら四人は第二王子殿下の取り巻きで、移動の際は一緒に行動している。殿下の金髪、側近の緑髪、騎士団団長子息の赤髪に魔術師団団長子息の青髪そして枢機卿子息の紫髪。週末の朝に放送されている戦隊モノか博士に人体を違法改造されるバイク乗りの番組に出演すれば、子供と一緒に観ている奥さま方の心を摑み黄色い声が上がりそうだ。本当にパーフェクトなイケメン軍団を形成していて、現に爵位の低いご令嬢たちは、滅多に見られない光景に目を輝かせているものなあ……。うん、売れるのは確実だ。俳優として出演すれば、演技力なんて後からついてくるだろうし。

一塊の男子が終わると次へ移る。カタリと椅子の音を小さく立てて、本人が口を開く。

「――セレスティア・ヴァイセンベルクと申します！　殿下方をはじめ、皆さまよろしくお願い致しますわっ！」

圧巻の声量だった……。確か辺境伯家のご令嬢だったかな。目立つドリル髪……いや、巻き髪が特徴で出ているところは出ているし、公爵令嬢さまに負けず劣らず綺麗な方だった。持っている扇を開いて高笑いを始めそうだけれど、流石にそんなことはしないようだ。

――ゴトリ。

彼女の落とした扇が木の床に刺さった。え、刺さった。リアルに。一体どういうことだと目を丸くしていると、辺境伯令嬢さまは扇を拾い上げ、優雅な動きで扇を開いて口元を隠す。

「あら、失礼。教諭、修繕費は家へ請求してくださいませ。わたくしの不覚ですもの、学院に直せとは言えませんわっ！　……ふふふ」

彼女が扇を開いた瞬間に金属が擦れるような音がしたので、鉄扇だろうか。私を含めた数名がぎょっとしたのをよそに、にこやかな笑みを浮かべて流れるように教師へ言葉を投げた。辺境を護る家の出身だから、鍛えることを家訓にしているのだろうと無理矢理に納得させ。

「……まったく初日から」

教諭が頭を掻きながら、ぼそりと呟く。辺境伯令嬢さまの挨拶から残りの人たちの自己紹介を経て、ようやく出番が回ってきた。

「次、最後だな。転科となった二人、どっちが先でも構わんぞ」

「じゃあ、あたしからでも良いよね？」

教室の真ん中の席となったピンクブロンドの彼女が、教室の入り口後ろの隅の席となった私に声を掛けてきたので、どうぞと返せば音を立てながら彼女が席を立つ。

「アリス・メッサリナです！　学院で沢山学んで、沢山お友達を作って、沢山思い出も作って卒業したいと思います！　よろしくねっ！」

無邪気に笑いながらピンクブロンドの女の子は小さくお辞儀をして席へ着くと、まばらな拍手が教室に響く。家名があるのならば、商家出身で教育を満足に受けることができたお嬢さんなのだろう。さて次は私かと、椅子から立ち上がって息を吸い込み腹に力を入れた。

「ナイ、と申します。家名はありません。世間知らずでしきたりに詳しくはなく、ご迷惑をお掛けすることが多々あるかと思いますが、皆さまの寛大な対応を望みます。これから卒業までよろしくお願い致します」

私は言い終えると、腰を深く折って頭を下げるのだった。『何故、家名もない奴が』『本当に十五歳か？』『黒髪黒目なんて初めて見たぞ』『珍しいな』と口々に男性陣から声が上がっている。キチンと手続きを経て入学したのだから、文句があるなら学院にお願いしたい。

年齢は前後するかもしれないが、公爵さまが後ろ盾になると宣言してくれた時に戸籍を得ている。もちろん孤児仲間も。その時に決めた年齢で歳(とし)を取っているので、公式な書面は十五歳だから問題ない。あと十五歳に見えないのは諦めてほしい。幼少期の極度な栄養不足と血筋的なものだろう。

そして女性の皆さま。黙っていないでなにか不満を口にしてください。心の中でなにを思っているのか分からなくて怖くて仕方がないのです。

「君たちは黄金世代と呼ばれている。他の者に後れを取らぬようになー」

今年度の特進科一年生は、第二王子殿下を始めとした有名貴族が多く所属しているため、教諭たちの間で黄金世代と囁かれているらしい。お貴族さまたちのベビーラッシュが始まるのが、第二王子殿下の誕生から一年程度は遅れそうなものだけれど、奇跡的に高位貴族のご令息とご令嬢が同じ年に固まって生まれたようだった。第一王子殿下が私たちより二学年上なので、第一王子殿下の側近や王子妃狙いだったのかもしれないが。

大変な世代の時に学院へ入学してしまったものだ。不審な動きをしたら直ぐに疑われそうだし、自身の行動には注意を払わないと。

——あれ、乙女ゲームのキャラ配置じゃない？

まさか、ねえ。彼ら彼女らにはお貴族さまとしての義務がある。恋愛にかまけている暇などないはずだ。幼い頃から確りと教育されているはずだし、私よりも覚悟ガン決まりの人たちだろう。だからなにも起こらないさ、と教諭の言葉を聞きながら登校初日が終わりを告げ、帰路につこうと学院の正門を目指して歩く。校舎から結構歩いたのに、まだ正門に辿り着かない。道のりが長く、歩く速度を上げるかと気合を入れたその時だった。

「ナイ」

「……ナイ」

騎士科所属のジークとリンも無事に一日目を終えたようで、私の方へと歩いてくる。

「ジーク、リン。お疲れさま」

「ああ、ナイもお疲れ」

「うん」

左隣にジーク、右隣にリンが並び、私が真ん中になって歩き始める。傍から見ると捕らえられた宇宙人みたいに見える構図をどうにかしたいけれど、私がどちらかの端が良いと伝えると駄目だと断られる。貧民街時代から何故か真ん中に配置され、徒党を組んでいたからその名残だろうか。

今日の放課後は聖女として学院から歩いて王城へと向かう。制服のままで大丈夫かと心配したけれど、制服自体が身分証明となりあとは入城許可証があれば良いと教会が教えてくれた。着替えなくて良いのは楽だし、そのまま街中をウロウロすることもできる。

聖女の衣装は簡素で真っ白な布だから、ちょいと恥ずかしい。染色代でもケチっているのかと愚痴りたくなるが、聖女のイメージが白なのだろう。ありきたりで、分かりやすい符号だから何年も変わらないようだ。

学院から城へ向かい、城門を守る兵に許可証を見せればあっさりと通された。私が入れるのは警備レベルが最も低いエリアと障壁を張るための魔術陣がある特殊エリアだけ。謁見場になんて入ったことはないし、王族の居住エリアにも行ったことはない。私たちがお城の警備レベルが高い場所へ足を踏み込むことはなく、興味もないので立ち入れるだけでも十分だ。

今日も今日とて敬意を払ってくれる人とそうじゃない人との差が大きいなあと感じながら、ジークとリンと私は長い廊下を歩いて行く。

「お前は……何故ここにいる？」

不意に声を掛けられて顔をそちらへ向けると、同じクラスとなった公爵令嬢のハイゼンベルグさまがドレス姿で護衛騎士と侍女を数名引き連れて立っていた。学院で顔を合わせた時よりも見上げる形になっているので、高いヒールの靴を履いているのだろう。

通行の邪魔になるので廊下の壁際へ寄り礼を執ると、ジークとリンも私に倣う。彼女が王城にいるのはなんの不思議もない。高位貴族だから王族の方と付き合いがあってもおかしくはなく、むしろ平民である私の方がこの場所に相応しくない。仕事で登城しているのだから堂々と胸を張れば良いけれど、お貴族さまにとって身分は大事なもの。

「本日は聖女の務めを果たしに参りました。若輩の身ではありますが、誠心誠意己の職務を全う致します」

廊下の床を眺めながら、私の方が立場は下だと周囲にアピールしつつ言葉を紡いで頭を上げる。

不機嫌な様子の公爵令嬢さまは、ひとつ息を吐いて力を抜いた。

「すまない、聖女だったのか。知らなかったでは許されないが、先程までの非礼を詫びよう」

「いえ、平民の聖女が学院に通うことは異例ですから」

知らなくても仕方ない。平民出身の聖女が学院へ通うことになったのは私が初めてだし、彼女がこのエリアを通って私と出会ったのも初めてだ。だから、今まで私を知らなかったとしても問題はない。

「そうか」

「では、仕事があるので失礼致します」

失礼ではあるが先に辞するためにまた頭を下げると、彼女は少し考えているような表情を浮かべた。何事だろうと気になるが、辞することを述べたから行かないと訝しがられるので、一歩踏み出そうとした刹那。

「――おい」

彼女の声で足が止まる。

「はい？」

呼び止められて首を傾げると、今まで見た彼女の表情で一番の柔らかさを見せていた。それでもまだ硬く、鋭さを残しているけれど。

「……名で呼ぶことを許そう」

かなり唐突だけれど、伝える機会はここしかないと彼女は考えたのかもしれない。

「いえ……しかし……」

平民が公爵令嬢さまの名を呼ぶって、だいぶ不敬になってしまうのでは。現に彼女の護衛の方たちは黙ってはいるけれど、驚いた顔をしている。少し抵抗すると、彼女は軽く息を吐く。

「場所と場合を弁えていれば問題ない。それに私が願ったのだ、断るのも失礼にあたるぞ」

名前を呼んでいることを問題視された時は、彼女が私の味方に付いてくれるのだろう。もちろん時と場所を十分に考えて発言しなければならないが。

「承知いたしました、ハイゼンベルグさま」

「…………何故、家名になる！　名で呼べと言ったのだから普通にソフィーアで良いだろうが、馬鹿者！」

彼女は持っていた扇子で顔を覆って表情を隠した。少し口の悪い彼女だが、嫌悪は感じない。本当に嫌な人ならば、私が平民の時点で人として扱ってくれないのがお貴族さまである。

「ソフィーアさま？」

「ああ、それでかまわん。ではな、ナイ」

そう言い残して護衛を引き連れ颯爽と去って行く彼女の背中を見守っていたのだった。

城の魔力補塡から戻り、教会宿舎の共同風呂にリンと私で入っていた。三人は入れる広さがあり、公爵さまの庇護を得てからは彼女と頻繁に一緒に入っている。貧民街時代からは考えられない贅沢で、お水を張って魔術具に魔力を通せば、勝手に適温にまで上がる便利さ。前世では機械文明に慣れ親しんでいたけれど、魔術文化も魔術具を手に入れられるなら割と快適だった。

城の魔術陣に魔力を提供した後だから寝落ちしそうで、眠気を払うために何度か頭を振っても効果は薄い。ソレに気付いたリンが、私の後ろに回って抱きかかえていて、背中にリンの大きな胸の柔らかさがダイレクトに伝わる。羨ましいと毎度嫉妬しているが、いまだ成長中だそうな。

「ナイ、疲れているのは分かるけれど寝ちゃ駄目……溺れるよ」

「大丈夫、その時はリンが助けてくれるから」

「もう」

ぱしゃんと音を立てて私の腹に回しているリンの手に力が入ると、背中に当たる胸の感触も強くなる。むにむにしててんねえ、と碌に回っていない頭でくだらないことを思い浮かべていると、後ろの彼女は呆れながらも嬉しそうな気配を醸し出していた。

「あ、そうだ。騎士科は問題なさそう？　他の女の子と仲良くなれる？」

　個人の実戦能力ならばジークよりリンの方が優れているので、そちらに関しては心配していない。彼女はその強さの分、対人関係能力がオミットされている。ジークが一緒なので問題が起きても大体のことは切り抜けられるが、女同士の問題となると彼は手助けできず、リンが一人で切り抜けられるのか不安でならない。

「大丈夫だよ」

「……本当かなあ」

　リンの大丈夫は世間の大丈夫からズレており、後ろの彼女を見るとドヤ顔を披露している。

「うん。仲良くなれなくても問題ないから。あ、試験の時に兄さんと私の相手をしてくれた人が騎士科にいたけれど、凄く不機嫌だった。どうしてだろう？」

　リンがドヤ顔から片眉を上げて妙な面持ちになる。そりゃ女の子に負けたレッテルと、遊ばれながら負けたレッテルを貼られたからだろう。男の子って変なところでプライドが高いし。

「……リン、その二人が突っかかってきても相手しちゃ駄目だよ。ジークに対応任せてね」

「心配性だね。ナイはどうなの？」

　リンの言葉に苦笑いを浮かべながら前を向く。いつも三人で行動しており、離れる時間ができると心配になるのは親心だろうか。独り立ちするなら、私の側を離れていろいろと経験を積んだ方が良いだろう。二人のことを信じるしかないのだが、心配なものは心配だ。

「んー。第二王子殿下に将来の側近四人、それでもって公爵令嬢さまに辺境伯令嬢さま。他のお貴族さまもろもろ。凄い面子だから気を使うかも」

「大変そう」

リンの手が動いて、ぱしゃん……とお湯が波打つ。

「私は平民だし、関わることはないよ。向こうも平民に関わろうなんて奇特な人はいないはずだから、勉強ができれば良いや」

利益がないから一緒にいることはないだろうし、貴族令嬢の嗜みであるお茶会に誘われることもない。もし誘われたなら『親睦を深めよう』ではなく、逆の意味だ、きっと。そんな理由から友人もできそうにないなあと、遠い目になる。平民の女の子がもう一人いるけれど、私と波長が合うのか微妙なところだ。まだ話したこともないし、決めつけるのは良くないので仲良くなる努力はしなきゃならないけれど。

「お城で挨拶した女の子は？」

名前で呼ぶことを許していたじゃないと、リンが小さく呟いた。

「例外でしょ。私が聖女だって知らなかったし、たまたま気が向いたんじゃないの？」

我が儘な人だと明日になったら名前で呼ぶなとか、そんなことは言っていないと前言撤回される可能性もある。お貴族さまと平民の間では理不尽がまかり通り、貴族同士でも爵位の差で理不尽がまかり通ってしまうから怖いものだ。

「そう、なのかな」

私の腹に回されていた手にまた力が入って、密着度が上がる。

「どうしたの、リン」

基本的に本能や直感で動いている子だから、考える素振りを見せるなんて珍しい。

「どうしてかな、ちょっと寂しい……」

そう言って私の肩に顔を埋めると、視界に彼女の頭の天辺が映り込んだ。

「今まで一緒に居すぎたんだよ、直ぐに慣れるから」

まだ濡れている彼女の頭に手を伸ばして置いた。子供扱いだけれどリンは抵抗しないので、嫌ではないようだ。ひとしきり撫でていると満足したのか、ようやく顔を上げるリン。顔が赤くなってきているのでそろそろ限界かな。

「上がろう、のぼせちゃう」

「うん」

ざぱん、と音を立てて浴室から脱衣所へと向かい、薄布を手に取って体についた水気を拭いているとリンの姿が見える。ささっと服を着て、体を拭いていた薄布を肩に掛けた。

「リン、そんな拭き方だと髪が痛んじゃうよ」

気にしていないのか、かなり雑で適当な拭き方だった。彼女の姿を見て苦笑し、洗濯されている綺麗（きれい）な布を手に取る。

「？」

声を掛けると、リンは理解していないらしく首を傾（かし）げた。

「ほら、座って」

竹もどきで編んだ丸椅子（いす）に座ってもらい、身長差をなくす。先程手に取った布で頭全体を包み込むようにし、頭皮と髪の根元を押さえるようにゆっくりと水分を吸収させる。いつも纏（まと）めているから髪の状態は分かり辛いけれど、せっかくの赤髪だし長く伸ばしているのだから綺麗な方が良いに決まっている。

「ナイ。風邪引くよ？」

前を向いたまま声を掛けられたことに笑みを浮かべ、手を動かしながらリンの言葉に答える。

「大丈夫、服は着たから。私が風邪を引くならリンも風邪引くよ」

春の深まりを感じる今日この頃。暖かい季節だし大丈夫だろうけれど、リンは薄布を体に巻いているものの裸同然だ。

「鍛えているから平気だし、慣れてる」

昔は薄着だったし、寒さには鍛えられているようだ。育った環境は似たようなものなので私もある程度慣れているけれど、ジークとリンの方が寒さには強かった。

「はいはい。ほら、終わったよ」

「ありがとう、ナイ」

「ん。ちゃんと着替えて寝よう」

随分と眠いし、明日も学院へ登校しなければ。授業も始まるので、お貴族さまばかりの特進科でこれからどうなるのか。楽しみなような不安なような、いろんなことを考えながらリンと部屋の前で別れてベッドの中へと潜り込むのだった。


――入学二日目。


今日から授業が始まった。特進科となるので難しい内容のものが多いと聞いていたけれど、流石は公爵さま。私が転科することを知っており既に対策を取っていた。どこから情報を得たのか謎だが本当に耳が早い。昨日の夜に届いた手紙には、予習本を送ると文字が躍っていたので、数日後には使いの人が教会宿舎に姿を見せるはず。予習本を送ってもらうより、普通科に留まることをお願いしたかったと昨晩は嘆いたものだ。

「あなたはどちらの方に付きますの？」

「もちろん寄親であるハイゼンベルグ家のソフィーアさまですわ」

「あら、あなたはそちらへ。私は辺境伯家のセレスティアさまに従います」

昼休み。食事を終えて教室へ戻った女子たちの間で、こんな会話が繰り広げられていた。男子生徒は外に出ており、女性陣の会話は丸聞こえ。部外者の私が聞いて良いものかと冷や冷やするけれど、彼女たちは平民に聞かれても問題ないと判断したのだろう。壁に耳あり障子に目あり、と言われて久しいのだから――もちろんこの国や世界にその言葉はないけれど――用心するに越したことはない。脇が少々甘いのではと目を細めつつ、自身の机でぼーっと同級生を眺めていたら昼休みが終わり、午後の授業が始まった。その日から先はつつがなく授業を終え。同じような日々を過ごして、一週間が経った。

入学初日とは違い教室内は落ち着いた雰囲気になっている。グループ分けが済み、私は見事に孤立していた。もう一人の平民出身の彼女は男子たちに取り入って、特進科クラスのマスコットと化し女子から顰蹙を買っている。上手いこと立ち回って衝突する危機は回避しているようだが、いつまでも続くものではないだろう。

「う～ん、難しいなあ……」

一限目の授業を終えた休み時間、教室のど真ん中で割と大きな独り言が響く。声の主はアリス・メッサリナさん。ほぼ貴族の特進科なので、周囲に聞こえる独り言は推奨できない。大丈夫かなあと心配していると、彼女の背後に近づく男子の姿が。

「アリス、分かりませんか？」

長い髪を揺らして、にこやかな笑顔を浮かべた第二王子殿下の乳兄弟であり側近候補の緑髪くんが声を掛けた。眼鏡の位置を直しながら彼女の肩に手を添えているけれど、これって大丈夫だっけ。彼に婚約者がいるならば、問題になるような。

「！」

「っ！」

教室内にいたソフィーアさまと辺境伯令嬢さまが、教室のど真ん中で繰り広げられる光景をとんでもない眼光で見つめていた。ソフィーアさまは第二王子殿下の婚約者だそうな。告知は学院卒業後に発布されるのだが、お貴族さまの間では公然の秘密だ。ドリル髪が特徴の辺境伯令嬢さまも、近衛騎士団団長子息であるクラスメイトの赤髪くんと婚約中と聞く。教室ど真ん中のやり取りを見て、表情が消えた顔になった辺境伯令嬢さまが持つ鉄扇がみしりと異様な音を鳴らした。ちなみに緑髪の側近くんも、年下の婚約者さまがいるそうで。

——数日前からこの風景は日常と化している。

何故かアリス・メッサリナさんを中心に男子生徒が集まっていた。それも有名な貴族ばかりで、第二王子殿下と殿下の側近四人も彼女と距離を詰めている。彼女の行動の結果、女子の怒りを買ってしまうのは、ソフィーアさまと辺境伯令嬢さまが件の二人に射殺しそうな眼光を向けているから察することができた。当事者のピンクブロンドのヒロインちゃん——ここ数日の出来事で、心の中でこう呼ぶことにした——が気付く様子はない。無視を決め込んでいるのか、単純に気付いていないのか。無自覚で男子を垂らし込んでいるのか、自覚有りで男子に取り入っているのかも分からない。今の状況が続くなら、彼女の暗殺計画を誰かが企てそうだけれど、成人もしていない学生だし爵位を持っている人はおらず、そうなるまで時間があると願いたい。ふうと深い溜め息を吐いて、頭を抱えたくなるのを堪えるのだった。

更に数日後。ついに……この時がきてしまった。

各派閥に分かれている女子だけれど、この時ばかりは手を組んだようだ。我慢のならなかった女の子たちが、中庭でヒロインちゃんを取り囲んで責め立てている。滑稽なのは婚約者本人ではなく、取り巻きをしている家格の低い子たちであること。

「あなた、殿下や他の殿方の周りをうろちょろして一体なにを考えているのですか！　しかもその中には婚約者がいらっしゃる方もいるというのに!!」

うわー……と引きながら、覗き見している形になってしまい私は目を覆いたくなる。

「？」

ヒロインちゃんが首を傾げると同時、ゆるいウェーブの掛かったピンクブロンドの髪が揺れ、瞳はきょとんとなっていた。状況が摑めていないと分かり、私は片手で顔を覆う。参ったなあ。教諭たちがいる職員棟までには距離があるし、今から走っても間に合いそうにない。

「平民だから許されるとお思いになっているのかしら？　でしたら甘いとしか言い様がありませんわね！」

「あの……あたし、なにかしちゃいましたか？」

昼休み。人目につきにくい中庭の一角。たまには一緒にお弁当をと幼馴染三人が集まって食べ終え、日向ぼっこも兼ねて読書に勤しんでいたのに、近くで締め上げ行為が始まったのだ。

「正直関わりたくはない、いや……関わらない方が良いな」

「……」

ジークが呟き、リンは目を細めて状況を見ている。

「気持ちは分かるし、関わりたくないけどね。でも、手が出そうなら止めないと……」

一応学院内だ。お貴族さまが平民を下に見ているのは明らかで、抑止のために学則が存在する。指定されている場所以外での魔術の使用と暴力は禁止されていた。無暗に手を出せば、学則によって貴族の少女たちは負けになるから自制は効いているはず。ただ頭に血が上っていて、どんな行動に出るのかが分からない。危ないようなら、止めに入った方が良いだろう。

「ナイ、行くなよ」

確実に面倒事に巻き込まれるから、ジークが私の行動を止めようと声を上げた。

「いや、見ちゃったし不味いでしょうこの状況。お互いに得がないよ」

ヒロインちゃんは貴族のご令嬢さま方に囲まれている理由を理解していないようだから、彼女たちが去った後に捕まえて理由を教えて対策を考えないと、まともな学院生活ができなくなる。今のところただの弱い者いじめにしか見えないし、分からないなら学べば良いだけだ。学院内で問題が留まるなら良いけれど、各家に報告されたらどんな処遇になるのか想像したくない。舌打ちしたくなるのを我慢しながら、状況を見守ってタイミングを見計らう。

「なにをしている？」

唐突に、澄んで落ち着いた、でも少しばかり怒気を含んだ声が中庭の片隅に響く。

「で、殿下！」

取り囲んでいた貴族の子たちが、第二王子殿下を視認した瞬間にがばりと頭を下げた。ヒロインちゃんだけが状況を摑めずきょとんとしていたが、次第に頬が紅潮していく。

「一人を多数で取り囲み口々に罵るなど、高貴なる者として品格に欠ける。今回は一度目だ、見逃そう。理解したならば去れ」

　右手でご令嬢たちを追い払うしぐさをとった殿下。的確な言葉だけれど、婚約者がいるのにヒロインちゃんとの距離感がバグっているのだから、殿下のやっていることも彼女たちと同じではと首を傾げる。頭を悩ませていると、彼女を取り囲んでいたご令嬢たちが蜘蛛の子を散らすように去って行った。一年生で権力が一番強い殿下に文句は言えなかったようだ。ヒロインちゃんの駄目なところを殿下に指摘して、悔い改めてもらうことが本来の行動のような気がするけれど、そこまでの胆力はなかったみたい。

「ありがとうございます！　ヘルベルトさま！」

　両手を前で揃えて勢いよく頭を下げるヒロインちゃんに、目を細めて微笑む殿下。いや、名前で呼ぶことをいつの間に許可したのだろうか。あっ、顔を見合わせるな！　視線を合わせるな！　頬を染めるな！　と心の中で叫ぶけれど届く訳はなく。

「いや、気にするな。大勢で寄って集って君を責めているのが見えたからな」

　見たのは良いけれど取り囲んだ経緯も聞かないまま一方を悪者にして追い払ってしまったし、状況を彼女から聞くしかないのだが一向に問い質す気配はない。殿下は女の機微や女子特有の社会システムに疎いのだろう。男の人だから仕方ないけれど、今回のことは遺恨となってしまうだろうに。彼が下手な勘違いを起こさなければ良いなあと目を細め、甘い空気を醸し出している二人をこれ以上見るのは覗きになるので視線を外す。若い人が恋に燃えるのは構わないけれど、身分や権力を持っている人が分を弁えないと痛い目を見るのは、古今東西老若男女、どの世界でも一緒だろうに。

彼が公爵令嬢のソフィーアさまを正妻に置き、彼女を愛妾の座に据えて満足できるのかは謎。まあ……抜け道があるので、ヒロインちゃんが貴族籍に入れば側室になれる可能性はある。外面だけでも整えて、内面はぐちゃぐちゃのどろどろでも問題が表沙汰にならなければ良いのだし。

殿下とヒロインちゃんに視線を向けたままのリンに、教育上よろしくないと声を掛ける。

「リン、見ちゃ駄目だよ。行こうか」

「だな。これ以上は見ていられん」

三人で午後の授業を受けるために移動を開始する。暫く並んで歩いていると、ジークと私が長い溜め息を吐いた。最近は溜め息が多いなあと、ジークと顔を見合わせて苦笑したのだった。

——誰か胃薬をください。

聖女なのだから胃痛なんてテメーで治せば良いじゃないかと突っ込みが入りそうだが、自分に施した魔術は効果が表れないタイプだった。以前、自らの骨を折って治せと私に告げたクレイジーなシスターに、小さなナイフで私の腕を浅く切られ『ご自身の魔術で治してくださいね』と綺麗な笑顔で告げられ、魔術を発動したものの私自身に効果が表れない。クレイジーシスターにも人の心が備わっていたのか、慌てた様子で治癒魔術を施してくれた。誰かに頼むと依頼料か寄付が必要となり、我慢できる痛みならば我慢するしかないのだが、クレイジーシスターはお金を要求しなかった。されても困るけど。

「あーら、ソフィーアさん！　貴女が寄子を使ってみっともなく平民を脅していると耳にしましたわ。公爵令嬢としての自覚はあるのかしら？」

ドリル髪が特徴のセレスティア・ヴァイセンベルク辺境伯令嬢さまが鉄扇をばさりと広げて仁王立ちし、高圧的な言葉と態度をとりながら、教室の自席でハードカバーの本を読んでいるソフィーアさまに声を掛けた。常に辺境伯令嬢さまのテンションが高いけれど、ああ見えて優秀らしい。辺境伯より家格が高い公爵令嬢さまに言い寄っている時点で、私の中で辺境伯令嬢さまは愉快な方だと予想している。

「は、一体どういうことだ？　仮に私が脅せと命じたところで一体なんの得がある。意味がない。私は、貴様が同じことをしていると聞いたが？」

読んでいた本から目線を外して辺境伯令嬢さまを真顔で見上げて答えたソフィーアさま。

「は？」

辺境伯令嬢さまは予想外の言葉に、きょとんとした顔になる。

「……？」

龍と虎の対決かと教室で怯えながら静観している人たちと、当事者たちとの間で時が止まる。どうしたのだろうと疑問を抱けば、辺境伯令嬢さまが片眉を上げながら口を開いた。

「何故わたくしがそのような無様なことをしなければならないのですか！　コソコソと下の者をやるくらいならば、暗殺を企てた方が手っ取り早いですわ。それにくだらない者であれば首を叩き斬ってくれましょう！」

ヒロインちゃんへ取り巻きを寄越したのは彼女たちではないらしい。辺境伯令嬢さまが件の彼女を傷モノにすると言わなかったのは情けだろうか。貴族の人たちの間では純潔が重んじられ、未婚者が非処女とバレると結構な問題となる。平民だとそのあたりはガバいけど、大丈夫かなあヒロインちゃん。お金持ちの商家出身ならば、お貴族さまに嫁ぐことや婿を取ることを想定して教育は施されている……はず…………はずだよね？

「確かに、そう手を打てば物事の進みは早くなるが、露見すれば不味いだろうに。己の権限で勝手に平民を斬るなよ。まだ学院生なのだから、行動に起こすべきではない」

ソフィーアさまの発言は危ない人そのものだった。はあと溜め息を吐いた彼女は片手で顔を覆って頭を振っているものの、成人すれば暗殺や人斬りは構わないような口ぶりである。お貴族さま怖

い。そして平民を簡単に殺めないでください。あと周りのお貴族さまたちも頷かないでください……。

「あら、殿下のお心を引き留められない貴女に言われる筋合いはありませんわ！」

ふふふ、と辺境伯令嬢さまが不敵に笑いながらソフィーアさまを見下ろす。

「それはお互い様だ。立場的に貴様の方が不味いのは理解しているだろう？　アレを御せていない時点で無能を晒しているようなものだ」

ふ、とソフィーアさまが鼻で笑い返した。近衛騎士団団長子息の赤髪くんは伯爵家、セレスティア・ヴァイセンベルクさまは辺境伯令嬢である。伯爵位より辺境伯位の方が格上で、当然赤髪くんより辺境伯令嬢さまの方が立場は上。好き勝手をしている身分が下の者を諌められなければ、上に立つ者の資質を疑われてしまう。ソフィーアさまにも刺さる気がするが、王族の方が立場は上だ。殿下が『黙れ』と言ってしまえば従うしかない。ただ彼女たちも指を咥えて見ているだけではないだろう。家に報告するし、周囲に根回しをして機を見計らっているのかもしれないのだ。平民の私にできることはなく、公爵さまに問われれば答えるくらいだ。

「ふふ……喧嘩であれば買いますわよ。ええ、今なら格別安く！」

辺境伯令嬢さまが鉄扇を広げて口元を隠すと目を細め、ソフィーアさまに言葉を放つ。

「馬鹿を言うな。そんなことをしてどうする」

ぴしり、と紫電が飛んだ。殺伐としすぎてもうヤダこのクラス……と嘆いていれば、外に出ていた男子たちが戻ってくる。殺伐なやり取りが終わりを告げると同時に、教室内は一瞬で女性陣の殺気に包まれた。戻ってきた男子たちの真ん中にヒロインちゃんがいたのだ。視認したクラスの女子たちから殺気が駄々漏れである。殺気に気付いていない男子の鈍さに困るけれど、殺気を平然と受け流しているヒロインちゃんが凄い。何故、騒動を引き起こしている人たちではなく、私が胃痛を感じなきゃいけないのか。むーと考えていれば予鈴が鳴り、とりあえずこの場は凌げた。

ここ、頭の良い人たちが集まる特進科だよねえ、ちょっと奔放すぎじゃないかな。いや若いから、気持ちは分からなくはないけれど。ヒロインちゃんはイケメンにちやほやされて逆ハーレムを築いている状態。でも彼らの婚約者のことを考えると、きっちりと清算してから男女の付き合いをしてくださいと叫びたくなる。この殺伐さを抱えたままの状況は不味いと考え、動いてみるかと自分を鼓舞し……。

「メッサリナさん、ちょっと良いかな?」

授業が終わり休み時間となって、私は席から立ち上がりヒロインちゃんに声を掛けた。

「……どうしたの?」

少し警戒した様子を見せたヒロインちゃんに苦笑いを浮かべる。彼女の反応は仕方ない。おそらく女子に何度か諭されているのだろう。彼女の行動は貴族の常識から外れており、クラスメイトが諫めるのは当然だ。

「うん。話したいことがあるんだけれど、時間取れる?」

「今からだよね、構わないよ」

席を立つ彼女にありがとうと笑みを返して足を動かす。

「………」

二人並んで廊下を歩き、人気の少ない特進科の校舎にある階段の物陰へと入った。

「こんな所で、なにを？」

私に問いかけるヒロインちゃん。今いる場所は周りから死角になっていて、密談をするには丁度良い。相手を問い詰める時や締め上げる時も好都合な場所で、彼女の警戒は理解できる。

「んー……聞きたいことがあって。ごめん、他の人に知られたくないからこの場所になった」

彼女は同い年だし、貴族ではないのだから、タメ口で構わないだろう。口調が上から目線になるのは良くないけれど。

「そっか。それで、なにかな？」

中庭で貴族の女子に囲まれたことがあるせいなのか、平民である私に対しても言葉を選んでいるようだった。子猫が毛を逆立てているみたいで微笑ましいけれど、今から問い質す内容が内容だった。私が本気で彼女をボコるならジークとリンを連れてくる。力に関してなら二人の方が圧倒的に強いから。格好がつかないし話し合いなのでやらないけれど。

「婚約者のいる男の人と、どうして仲良くしているの？」

仲良くなるのは悪いことじゃない。ただ貴族と平民である以上、節度や距離は重要な訳で。

「どうしてって。仲良くなっちゃ駄目なの？」

ああ、問題は彼女がお貴族さまのルールを認知してないことがそもそもの発端なのか。彼女に詰め寄った人たちは、異性に安易に触れないのが当たり前で、目の前の彼女も知っていると思い込んでいたのだろう。そりゃ諭す人がいないなら仕方ないが、彼女に侍っている男子が注意しないのも不味い気もする。思春期真っただ中の男子が可愛い女の子に無邪気に言い寄られてほだされるのは仕方ないけれど、ハニートラップの可能性だってある。ワザと引っ掛かっているかもしれないが周囲に根回ししている様子はなく、ヒロインちゃんを騙している線は薄い。

「相手は貴族の人たちだよ。住む世界が違うから、常識やルールも違ってくるのは分かるよね？」

「え？」

え、って……。口から漏れた彼女の言葉に頭を抱えそうになるけれど、ぐっと我慢する。私が呆れた様子を見せれば、彼女も不快に感じてしまう。できれば穏便に諭したい。

「貴族の女の子たちがメッサリナさんに怒っているのは、異性にみだりに触れてはいけないってルールがあるからだよ。婚約者がいる人や既婚者なら特に敏感になる問題だから」

街中で無邪気にじゃれ合う子供じゃないし、平民同士ならじゃれ合いながら男の人を連れまわしても大丈夫だろう。男の人を複数人キープしても構わない。彼女、可愛いし。常識的には周囲から冷めた視線を浴びるかもしれないが。……ヒロインちゃんは王都の他の教育機関に通って男の子にモテれば、今の状況は避けられただろうに。

「でも私は貴族じゃないよ」

「確かに。でも相手の人は貴族だよ。この学院にいるほとんどの人がそう。その人たちには立場や義務があるからね」

どう伝えれば、彼女が納得して正確に理解してくれるだろうか。私には社会人の経験があるし、短い時間だけれど公爵さまとの付き合いがある。その時に学べることがあったし聖女としてお貴族さまに関わることもあり、彼らの在り方を少しは知っているけれど。

「学生なのに？」

「学生でも、だよ。言葉は悪くなるけれど、領地の人たちから税金を取って、そのお金で暮らしている人たちだからね。もちろんお金を取るだけじゃなくて、有事の際は命を懸けて領民のために戦わなきゃいけないこともあるけれど」

「命を懸ける……？」

王都育ちだから危機感が薄いのだろう。魔物や魔獣の脅威は辺境領の方が高いし、隣国が攻めてくるのも辺境からだ。仮に王都が火の海に包まれてしまえば、国は終焉を迎えるだろう。だからこそ国境沿いや、地政学的に危ない場所は爵位が高く軍事に長けた家が護っている。アルバトロス王国の場合、障壁が国防を担っているが。

「魔物や魔獣の被害から領地を護らなきゃいけないし、隣国が攻めてくれば指揮官として現場に立たなきゃいけないよ」

この場合は爵位持ちの人や嫡子の人だろうが、自領の危機となれば親族一同呼び戻され、危険な場所へ向かわなければならないのは一緒である。

「カッコ良いんだね……！」

ヒロインちゃんの無邪気な言葉にズッコケそうになる。確かに騎士服や鎧を纏っている人はカッコ良いけれど……！　彼女のズレてる感覚に頭を抱え、これ以上の説得は無理なのだろうかと悩む。もとよりこの手の子に言葉が伝わり辛いのは経験済みである。頭にお花を咲かせている場合じゃないよと心の中で愚痴りながら、もう一度気合を入れ直した。

「そうだね。——覚悟を決めている人はカッコ良い。なら、その人たちの顔に泥を塗る訳にはいかないよね？」

私の言葉を聞いて、ヒロインちゃんは『え』と小さく声を漏らし両手を小さく広げた。

「私は泥なんて塗ってないよ！　みんな私に優しくしてくれるものっ！　笑顔が可愛いねって、無邪気な君が好きだよって！　家でもパパとママはそう言ってくれるよ！」

パパとママときたか。十五歳ってこんなに幼いのだろうか？　反抗期を迎えて、糞親父とか糞婆とか口にしそうだけれども。擦れた子供時代を過ごしたから、一般的な十五歳がよく分からなくなってきた。

「家ならそれで良いけれど、学院だからね。人目もあるし十分に気を付けた方が良いよ。実際、クラスの人に詰め寄られて嫌な思いをしているでしょ？」

「でもっ、詰め寄られたからって、優しくしてくれるお友達を突き放したくない！」

ヒロインちゃんは胸に手を当てて、私へ真剣な表情を向ける。

「気持ちは分かるよ。でも友達の立場を悪くしているって考えたことはある？」

理解したなら、彼らとゆっくりフェードアウトすることもできる。今ならまだ間に合う。期間が長くなればなるほど、目の前の少女と殿下を始めとする男子生徒の立場が悪くなる。

「え？」

思ってもいなかった言葉が彼女に刺さったのか、目を丸く見開いた。

「メッサリナさんは良いかもしれないけれど、相手の人は立場を悪くすることだってあるから」

この国の王太子は第一王子殿下に決まっており、第二王子であるヘルベルト殿下が立太子する可能性は限りなく低い。王位を継ぐことはないが、第二王子殿下にも政（まつりごと）に関しての仕事はあるだろうに。そのために今現在、乳兄弟である側近や将来の重役に就く歳（とし）の近い人が彼の周りを固めて、予行演習をしているのだろうし。

「………そう、なんだ」

「クラスでの立ち回り方を、少し頭を冷やして考えた方が良いよ」

「うん、考えてみる」

下を向いてスカートの裾（すそ）を力強く握り込んでいた。本当は家同士の確執や女子特有の派閥やらも伝えるべきだろうけど、考えることができるなら全てを説明する必要はない。

「説教臭くなってごめん。今の状況を続けても、お互いに良いことなんてないから。……それじゃあ」

私は軽く頭を下げて踵を返すのだった。

ヒロインちゃんの説得を試みた翌日。食堂でご飯を済ませて残りの休憩時間を過ごそうと、中庭の木陰に座り図書棟で借りた本を読んでいた。ジークとリンは授業終了が遅れ食堂へやってきたので、中庭にいることを伝えて私は先に出ていた。広い食堂だけれど、ほとんどの席はお貴族さま専用だ。庶民の席数は限られていて、食べ終えると次の人に席を譲るという暗黙のルールが存在していた。平民がお貴族さまと一緒に食事を摂れる時点で、恵まれている。欧米社会では、ホワイトカラーとブルーカラーは一緒に食事を摂ることはない——日本が異端らしい——と聞くのだから。社会的背景は違うかもしれないが、似たようなものだろう。木陰になっている芝生の上にハンカチを敷いて座り、本の文字を目で追っていれば心地よい風が吹く。贅沢な時間だなあと暫く読書を嗜んでいると、本に人影が差した。

「？」

ジークとリンがやってきたのかと顔を上げれば、意外な方たちが並んでいた。第二王子殿下を一番後ろにして、取り巻きというか側仕えというか、将来を約束されている四人が殿下を守るようにして立っていた。

「おい、貴様！」

私に声を掛けてきたのは赤い髪が特徴の近衛騎士団団長子息のマルクス・クルーガーさま。ジークとリンと同じ赤色の髪が特徴で、優秀な騎士を多く輩出する家系のためか短く切り揃えている。顔も良く、鍛えているから肉付きも良い。背はジークの方が高い。ジークは今ですら大人たちの身長を超えているのに、成長過程にあるそうだ。身長が伸びなくなった私と違い、本当に羨ましくて仕方がない。

「はい？」

座ったまま喋る訳にもいかず本を置き、ゆっくりと立ち上がってお辞儀をした。

「貴様は昨日、アリスになにを言った！」

凄い剣幕で赤髪くんが捲し立てる。彼の横に控えている殿下の側近の緑髪くんも厳しい表情で私を見ていた。多数で一人に詰め寄っており、今の状況は第二王子殿下にとって以前の発言がブーメランとなっているが気にしないのだろうか。ああ、そうか。今、私の目の前で怒っている彼らの諫め役としてついてきたのかもしれない。

「……もう少し自身の行動を省みろとお伝えしました」

質問に答えないのも不味いと考え、意見を述べた。間違っていないのだから咎められることはないはず。

「なにが省みろ、だっ！　お前のせいでアイツは……アリスは泣いたぞ！」

泣いても喚いても、大人たちに伝われば引き裂かれる関係だ。それなら双方が納得して離れた方が傷は浅く済むと考え、彼女に伝えたつもりだった。ヒロインちゃんへの伝え方が甘かったようで、別れることに哀しみを覚えてしまい味方である彼らに話したのだろう。

「貴族さまと平民では背負うものが違います。線引きは必要かと」

彼らも彼らだ。本来なら彼女を突き放すべきなのにこうして庇っている。どういうつもりなのか聞き出したいが、身分差ゆえにできない。彼らの言動で判断しなければならず、解決するための難易度を上げてしまっている。彼らや彼女とは友人ではないから、放っておいても良いのかもしれないが、最悪の事態になれば後味の悪い思いをしなければならない。来年度以降の平民出身者が特進科へ入る芽も摘んでしまうから、当事者同士で穏便に解決してほしいのが本音だった。

「……っ！」

私の言葉に思うところがあったのか赤髪の彼は口を噤む。入れ代わりに緑髪の側近であるユルゲン・ジータスさまが私の前へと立った。

「確かに我々は貴女とは違い、多くのモノを背負っているのは事実。ですが、彼女を……誰かを傷付けることは悲しいことではありませんか？」

こんなやり取りを五人交互に続けなきゃならないのかと眩暈を覚える。でも逃げる訳にもいかず、非礼がないように答えなければ。

「メッサリナさんを傷付けたのであれば、あとで彼女と話して必要なら謝罪を致します」

迂闊な発言をすれば不敬を問われそうで、中途半端なことしか言えない。本心をぶちまけられるなら一番楽で良いけれど。一応聖女という立場で、王国の防御壁を張る魔術陣に魔力を提供できる数少ない人間の一人だから、少々の不敬なら見逃されるかもしれないが……私の後ろ盾である公爵さまや教会に迷惑を掛けてしまう。

彼らの怒りを煽れば、王城に監禁されて魔術陣に魔力を提供するだけの人生を余儀なくされそうだ。実行できる力を持っているだけに、不興を買ってしまう事態は避けるべきだろう。

「ナイ、どうした？」

ざり、と土を踏む音が鳴り、聴き慣れた声が場に響く。

「っ！」

しまった。ジークとリンとは後から合流すると話していたのだった。殿下方の顔が見えなかったのか、それとも故意なのかは分からないが……いや、ジークなら的確に状況を判断して私に声を掛けたのだろう。

「失礼致しました。殿下、皆さま方」

ジークは不敬を働いたことに謝罪するため、教会式の丁寧なお辞儀を執る。教会騎士なので礼儀作法は仕込まれているが、これはジークが今の状況に加わるための方便だ。私を庇うようにいつの間にか側にリンもいた。誰にも聞こえないようにありがとうと口にするけれど、二人を巻き込む訳にはいかない。穏便に事態を収める方法を考えていると、また新たな人物が現れる。

「ヘルベルト殿下、このような場所でどういたしました？」

その方は第二王子殿下の婚約者であり、ハイゼンベルグ公爵家のソフィーアさまだった。普段であれば、この場所に近づかない方だけれど、殿下の姿を見たからやってきたのだろうか。私に刺さっていた五人の視線が彼女へと移る。

「ソフィーアか……なんの用だ？」

殿下とソフィーアさまが顔を合わせると、彼は露骨に不機嫌さを露にする。あれ、二人の仲はよろしくはなさそうだ。ふと思い返せば、同じクラスなのに二人が並んで一緒にいるところを見たことがない。むしろ殿下とヒロインちゃんが一緒にいるところをよく目にする。

「所用があり中庭を通っていれば、殿下のお姿が見えましたので。なにかお困り事でもあったのかと」

他人の目があるせいなのか、婚約者同士というよりも主従関係のようだった。いや、うん、まあ、そうだけれど。二人がいつから婚約関係にあるのか知らないが、特進科やお貴族さまの間では殿下とソフィーアさまが婚約者であることは周知の事実だし、もう少し砕けた感じでも良いような。

「はあ。……城での貴様の口うるささにはほとほと呆れている。俺が学院でなにをしようと自由だろう、放っておいてくれ。みんな、戻ろう」

殿下が大袈裟に溜め息を吐いて、酷いことを言い終えて踵を返すと、倣うように他の面子もこの場を去っていく。

「……似ている？」

ジークとリンの顔を横目で確認して聞こえないように口に出した赤髪くんの声が、微かに私の耳に届いた。

「行くぞ、マルクス」

「っ、はい！」

殿下に呼ばれた赤髪くんが大股で進み合流すると五人は去って行く。二人と赤髪くんとの間になにかあるのかと訝しむけれど、お貴族さまと孤児に繫がりなんてある訳がない。気のせいだと頭を振って、ソフィーアさまに向き直り三人で一礼して顔を上げる。

「殿下方になにを言われた？」

ソフィーアさまは不機嫌な顔を引っ提げ、様子を窺うように私を見つめる。婚約者である殿下のことだから、情報収集が必要なのだろう。マメな人だ。

「昨日、クラスメイトのメッサリナさんと話した内容を問われました」

嘘は吐いていない。二人には詰め寄られたけれど、殿下からは結局なにも言われなかったのだから。

「……本当だな？」

「はい」

私は返事のみに留めた。余計なことを言って、波風を立てる場合もある。裏取りのために学院の情報が必要なら、私が公爵さまから事情聴取されるので問題ないだろう。ソフィーアさまは言葉を交わしている時は視線を全く外さない。彼女自身の意思の強さなのか、はたまたそうであれと教え込まれたのか。年若いのに実行できているのは凄いことだ。昨日のことをいくつか問われ、言葉を交わした彼女は目を瞑り、数瞬後に開くと薄紫色の瞳が真剣になにかを訴えていた。

「分かった。貴様が不用意に殿下方に近づくとは思えんが、距離を誤るなよ？」

「肝に銘じておきます」

ヒロインちゃんのように無邪気に振る舞えれば簡単だけれども。私が一番踏み込めるのはヒロインちゃんだから昨日彼女と話したのに、目論見が外れてしまった。昨日のあの短い時間で納得できるような子であれば、そもそも殿下方に近づきはしないか。

「そうしてくれ」

本当は、ソフィーアさまにもどうするつもりなのか聞きたいところである。あるのだけれど身分差がありすぎて迂闊に踏み込めない。

「はい」

「ではな」

私の下を去るソフィーアさまの背中を見送って姿が小さくなった頃、深く息を吐いて二人に向き直る。

「ジーク、リン、ありがとう」

二人が面倒事に巻き込まれなくて良かった。私は聖女の称号を持っているから多少の不敬なら見逃してくれるけれど、二人はただの護衛であり平民だ。難癖を付けられれば確実に負けてしまう立場なので、十分に気を付けておかないと。

「いや、結局なにもしていないからな」

「大丈夫？」

ジークが息を吐きながら後ろ手で頭を掻き、リンが心配そうに聞いてきた。

「うん。ちょっと詰め寄られただけで、なにかされたって訳じゃないから平気」

私の言葉にぴくりと片眉を上げたジークは、じっとこちらを見つめてくる。

「ナイ、なにをした？」

ジークが腰を曲げて私と視線を合わせたから、誤魔化すなと言いたいらしい。

「ナイ？」

今度はリンまで加わり、ジークの後押しをする。

「……んー」

大したことはしていない。単に彼女に諭した言葉が伝わらなかっただけ。ヒロインちゃんがあの後、どんな行動をとったのか分からないけれど、殿下たちが私に詰め寄ったのだから、彼らに『距離を取った方が良い』と話をしたのだろう。ただ、彼らの態度から察するに、感情を煽るような伝え方だったのかも。彼女にはもっと丁寧に話すべきだったなと、今更ながらに反省するのだった。

「言え。昨日なにをした？」

高圧的な言葉だけれど、二人は本当に心配している。そしてもう一つ、私が面倒事に巻き込まれていないかの確認作業である。生まれ変わってから面倒事が舞い込む機会が多い。私と一緒にいた時間が長い幼馴染組はそれをよく知っており、彼らが知らないことがあると心配ゆえに問い詰められて吐かされるのだ。

「あー……うん」

話すか迷うけれど、話したところで状況に変化はないだろうし、特進科一年のクラスでは問題があると知っておいた方が、回避もできるし巻き込まれないで済む。

「ナイ。誤魔化すな」

「だね、兄さん。ナイはいつも私たちに肝心なことを話してくれない」

「分かった、話すから。とりあえずジークとリンは顔、近いって」

結局、二人に詰め寄られて話すことになり、特進科で起こっていることと私の推測を聞いてジークは呆れ、リンはイマイチ理解できていない。彼女には貴族のルールと庶民の常識を説明すると分かってくれた。これでリンに貴族と平民の距離感が摑めたなら、ヒロインちゃんの破天荒な行動も無意味なものではなくなる。関係者には迷惑極まりない行動だけれど。

「その女、物語に憧れすぎていないか……？」

ジークは私から視線を外し、深いため息を吐く。

「んー、そんなものじゃないかなあ。だって、まだ十五歳だし」

商家出身で、父親と母親のことをパパママと呼んでいるのは、甘やかされてきた証拠に思えてならないけれど。

「この学院に通うならお貴族さまのルールは必修だろう。平民なら尚更だ。それに俺たちも十五だぞ」

「彼女と私たちじゃあ育った環境が違いすぎるよ。子供の頃に読んだ絵本とかに憧れているんじゃないのかな？」

童話のシンデレラ的に。

「本気か？」

「そうじゃなきゃ王子さまに近づかないでしょ。顔は良いし、お金持ちだから玉の輿狙えるよ。凄く苦労しそうだけれどね」

この場には身内しかいないので、好き勝手言いたい放題である。余所様に聞かれると不味い内容だから声量は抑えているが。

「……他には？」

「愛があるんじゃないの、多分……」

恋とか愛は分からないけれど、殿下たちとヒロインちゃんの間には甘い空気が流れている。私的には、王子さまとの結婚は面倒で大変ってイメージが強く、付き合う選択肢が存在しない。

——面白(おもしれ)え女。

なんて、少女漫画や乙女ゲーム的な展開がある訳もなく。そもそもヒロインポジは件のヒロインちゃんである。でもまあ現実の出来事なのだから、ゲームや物語の感覚で行動しないでほしい。捻(ひね)くれて生きてきたから、甘い夢物語には唾を吐くタイプだった。シンデレラは典型的だろう。継母(ままはは)や義姉たちにいじめられて、都合よく忍び込んだ舞踏会で王子さまに見初(みそ)められる、なんて展開は。

王族は王族同士で婚姻を結ぶもの。国内の有力貴族と強固な繋がりを持ちたければ、目的の貴族と婚姻を結び関係を持つ。シンデレラの家って有力な貴族だったか分からないし、王太子ならば外交のために他所(よそ)の国の姫さまか有力貴族を娶(めと)れよと突っ込みを入れたくなる。シンデレラは王子妃教育を受けてないから、結婚後は超大変。政を執り行わなければいけないし、諸外国や国内の有力貴族との繋がり維持、綺麗事だけではなく汚れ仕事もあるだろうに。そんな感想を前世で友人に愚痴ると、お前は捻くれすぎだと呆れられた。

今回の件はソフィーアさま経由で大人組に伝わるし、私も公爵さまに報告案件だろう。彼女から伝われば十分だけれど、他人の目から見た証言も必要だろうし、大人組の判断も必要になってくる。筆不精だから手紙は苦手なのにと、また心の中で愚痴るのだった。

入学から三週間が経った。

相変わらずヒロインちゃんは殿下たちと一緒に過ごしており、憤った女子たちの殺気は維持されつつも、ヒロインちゃんを問い詰める光景はなくなった。状況を問題視したソフィーアさまとセレスティア・ヴァイセンベルク辺境伯令嬢さまが、貴族の女子のみんなを窘めたか、家から放っておけと告げられたのか。剣呑な空気は漂ったまま、腹の中ではいろいろと思うことがあるようだ。難しい年頃だから仕方ないけれど、時間だけは無情に過ぎる。日々変化が訪れるように、もう直ぐちょっとした学院行事が催される。

――全学科合同訓練。

王都近くの魔物が出る森で二泊三日、一年生全員参加のキャンプである。お貴族さまが多い学院で何故キャンプと疑問符を頭に浮かべていれば、担任教諭から説明があった。何事も経験だから野宿を一度は体験しておけ、と。軍と騎士団の護衛が付くので、有事の際は彼らが対処する。騎士科と魔術科は自分の実力を試す機会だし、成績に繋がるので気合が入っているそうだ。普通科や特進科のお貴族さまたちは、私たちが野宿……と不満の声が大きい。平民の人たちは楽しめれば良いか、くらいに考えている。捉え方は人それぞれだが、一年生の空気が今までにないものになっているから、楽しみにしている部分はあるのかも。

今日は学院がお休みの日。ジークとリンと私で街へ繰り出して、合同訓練に必要な物を買い出し中だ。外にお出かけするのも久しぶりだなあと、おのぼりさんのようにきょろきょろと、街を歩く人たちを眺める。商店の軒先では店員さんが呼び込みをしていたり、接客をしている。流石王都、活気があって品揃えも良い。いろいろとお店を見て回りたいけれど、今は目的があるので我慢だ。

人ごみを縫いながらジークが先を行き、彼の後ろを私が歩く。横にはリンが歩いて、私が人波に呑まれそうになると彼女の手が一瞬で伸びてくる。チビでごめんと心の中で謝りつつ、前を歩くジークに声を掛ける。

「おすすめの店ってどこなの？」

私の声にジークが振り向いて、短く切っている赤い髪を風に揺らしながら口を開いた。

「もう少し先だ。地味だが、良いものを造っている」

このご時世、売れれば良くて騙された方が悪いみたいな風潮があり、目利きができなければ高値で売りつけられる。だから信用できるお店というのは大事なのだけれど、ここ数年……どころか貧民街時代からお店になんて縁はなく。

貧民の時はお店の人たちから煙たがれ、聖女の仕事を始めてからは教会の中で生活が完結しているからあまり用事がなかった。だから今日の私のテンションは高め。学院行事の買い出しだけれど、久方ぶりの自由時間でもあるし。

「リンとジークが使っている剣はそのお店で？」

私は顔を上げげて、前と隣を歩く二人の顔を交互に見る。

「うん」

「店主の愛想はないが、使う人間に合わせて丁度良いものを見繕ってくれるぞ」

二人とも使う得物に関して妥協はしないから、本当に良いお店なのだろう。

「鍛冶屋さんって行ったことないから、楽しみ」

たまに商業地区へ足を踏み入れても、食べ物屋さんがほとんどだ。時折、衣料品店に立ち寄るくらいで、私が鍛冶屋さんに赴いたことはなかった。

「そうか」

「……ふふ」

ジークとリンを見ながら笑うと、二人も笑い返してくれた。他愛もないことを喋りながら歩いていれば、目的の店に辿り着いたようだ。大通りから路地を一本入って暫く歩いた場所に、剣が描かれた木製の看板が軒先に垂れ下がっていた。

「らっしゃい」

木で造られた重い扉を開けると、気怠そうに来客を迎える声が響いた。

「なんだ、お前らか」

ジークとリンの顔を見た途端に悪態をつく店の主人に苦笑いを浮かべる。薄暗い店内には、びっしりと刀剣が並べられ、大きさ長さに種類もいろいろ取り揃えていた。数は少ないけれど盾や鎧も飾られている。

「……悪かったな、俺たちで」

ジークが腰に片手をあて、軽く息を吐く。王都はそれなりに治安が良く買う人が少ないのか、店内にお客さんの姿はない。店主は平民服の上に厚手の前掛けを付けたまま、カウンターに座っていた。

「で、今日は？」

「彼女が使う小さめのナイフと鉈(なた)を。軽くて取り回しの良い物があれば出してくれ」

如才ない様子でジークが対応してくれた。

「なにに使う？」

ジークが口を開こうとしたけれど彼の袖口(そでぐち)を引っ張る。質問の答えなら自分でやるべきだし、商品を買うのも私なので店主との会話を交代してもらった。

「学院行事で森へ行くことになり、必要な道具を揃えようと。二人は私の付き添いで、鍛冶屋であれば、ここがおすすめだと教えていただきました」

「そうか。少し待っていろ」

店主は私に視線を寄越してジークにも視線を送ると、ゆっくり立ち上がって店の奥へと消えた。暫く待っていれば、店主がなにかを抱えて戻ってくる。店主が紐(ひも)を解いた帆布(はんぷ)のナイフポケットには、ナイフが何本も収納されていた。どれが良いのかさっぱり分からないなあと、商品を見ながら目を細める。

「扱いに慣れていないってえなら、鍔付きのナイフが良いだろう」

呟きながら、机の上にナイフを並べる店主。私が頭の上に疑問符を浮かべているのを察したのか、数を絞ってくれたようだ。

「見ているだけじゃあ分からんぞ。握って、持ちやすいものを選べ」

腕組みした店主が、選ぶコツを教えてくれた。あとは慣れの問題なのかなあ。店主が教えてくれた通りに並べられたナイフを手に取って何本か握ってみる。

「ナイ、軽いのはあった？」

リンが私の顔を覗き込む。

「それだと折れたりしないの？」

「三日間使うだけなら握りやすいヤツで良いさ。難しく考えると選べなくなるぞ」

私の問いにジークが答えてくれた。

「そう簡単に折れるものなんてウチには置いてねえよ。……手が小せえな、子供用は生憎と作ってねえんだ」

店主は私が全くの素人だと分かったのだろう。折れると失礼なことを言ってしまったのに気にした様子もなく、顎に手を置いて『子供用』と口にした。また小さいと言われたなあと微妙な心境になりながら、並べられているナイフを何度か持つ。

「……これかなあ」

真ん中あたりに並んでいたナイフが一番握りやすく、軽かった。

「良いんじゃないか」

「うん」

今持っているナイフが手に馴染む気がする。刀身はそんなに長くないが、包丁代わりも果たせそうだ。森の中だし採れた果物やきのこがあれば切るくらいだから、折れる心配はいらないか。二人にダメ出しされないし、大丈夫だろう。

「あとは鉈だな」

ジークが視線を変えて店の横を見た。ナイフと鉈って違うのか。

「鉈はあっちだ。薪を割りたいなら両刃、枝や紐を切りたいってえなら片刃の腰鉈を選べ」

店主が、場所を指さして教えてくれた。ナイフは森で採れた果物やらを切るために。鉈は雑草が生い茂っているかもしれないので、それを切るために。草木をはらうために鉈は必要だとジークが言っていたので、片刃の腰鉈が良いのか。これも軽いものが良いのだろうなあと、見てみるけれど素人にはさっぱりである。

「どれが良いかな?」

私は並んでいる鉈を見てぼやく。片刃のものだけでも、結構な本数を取り揃えていて迷う。

「ナイならこのあたりじゃないか。あまり重くないし、長さも丁度良い」

「うん、これならナイも使いやすいかな」

ジークが一本の鉈を手に取って何度か振ったあとにリンに渡し、彼女も柄の握り心地や振った感触を確かめた。その後、リンが持っている鉈の柄を私に向けたので、握り心地と重さを確かめる。

……悪くはないのかな。

「じゃあ、これで。ジークとリンは？」

「俺たちは帯剣が許されているし、予備もある。ナイフも何本か持っているから大丈夫だ」

「そっか。精算お願いします」

そう言って店主の元へ行くと、不意にジークが私の横に立つ。

「ナイ、革鞘(かわざや)とベルトも付けた方が良い。どうする？」

別売りだったのか、知らなかった。危ない、抜き身のまま持ち歩くことになるところだった。

「それじゃあ、革鞘とベルトもお願いします」

「あいよ」

こんな感じで勘定を済ませ、他の店でも耐水布などの必要な買い物が続く。一通り買い揃えたので、どこかでお昼ご飯を済ませようと、商店が並ぶ大通りへと戻ったところだった。

――……あ。

見なくても良いものを見てしまった。何故、肉眼に捉えてしまったのだろう。

「どうした？」

「ナイ？」

突然立ち止まった私に倣って、ジークとリンも立ち止まった。

「…………いや、うん」

私の視線の先に二人が顔を向けると見つけてしまったようだ。

「見なければ良かった」

私は片手で顔を覆う。第二王子殿下とヒロインちゃんが仲良さそうに手を繋いで歩いていたのだ。楽しそうにヒロインちゃんは笑い、それを微笑ましそうに見つめている殿下の姿が視界に入ってしまった。彼と彼女の後ろには例の四人も揃っているし……。

「いや、あれは目に付くだろう」

「凄く、分かりやすい」

ジークとリンが言うように目に映る彼らは周囲の視線を集めている。殿下は簡素な服装だけれど、布の質は一般の物と違う上に彼には独特のオーラがある。ヒロインちゃんも可愛いので、男性から多くの視線を受けていた。受けている視線を何事もなく流して、二人して良い雰囲気を垂れ流している。

「部外者にできることはないから、行こう。……ご飯、美味しい所で食べたいね」

「だな」

「だね」

妙な光景を見たことを上書きするために、ちょっと値段の張った昼食になったのは笑い話なのかもしれない。

――ちゃんとゲームの展開通り！

アルバトロス王国第二王子のヘルベルト・アルバトロスに、彼の側近候補である侯爵家子息のユルゲン・ジータス。近衛騎士団団長の息子であり伯爵家嫡男(ちゃくなん)のマルクス・クルーガー。魔術師団団長の息子であり子爵家次男のルディ・ヘルフルト。教会の枢機卿を父に持つ子爵家三男のヨアヒム・リーフェンシュタール。あたしが話しかけると、面白いようにゲームの台詞(せりふ)そのまま、甘い言葉と行動を取ってくれた。

絶対に乙女ゲームの世界だと確信したあたしは、ふと気付いた。これって逆ハーレムルートなんじゃないかって！　だからあたしはゲームのアリスの台詞や行動をなぞる。ちょっとあたしに合わないけれど、逆ハーを目指すためには我慢しなくちゃ。ヘルベルトは第二王子という絶妙なポジションで、第一王子の相手を務めるより気が楽だもん。

逆ハールートと気付いたのは、転生前、地味な子からゲームが売れてファンディスクが発売されたという情報を聞き出し、当時の彼氏におねだりして発売日当日にＧＥＴ(ゲット)してプレイ済みだから。

ファンディスクだけあって、逆ハーレムを築く唯一のルートで攻略キャラみんなと幸せな未来を掴むシナリオだった。第二王子と側近の四人、それに魔術師団副団長のハインツや騎士のジークフリードと大陸を旅しながら困った人たちを助けるお話だ。

今日も逆ハーレムルートのイベントとして、ヘルベルトとユルゲン、マルクス、ルディとヨアヒムの五人はこっそりお城から抜け出し、あたしと合流して王都の街でお買い物を楽しんでいた。みんな貴族だからお金を沢山持っていて、宝石やドレスをプレゼントしてくれる。似合うよとか、君にピッタリだとか甘い言葉を囁いて女心を満たすのが上手い。ゲームでは全てを描かれていた訳じゃないけれど、描かれなかった時間は今のように優しく接してくれたのだろう。高級店から出て、一般的な商業地区へと足を向けた。ヘルベルトたちは庶民の生活に慣れていないから、物珍しそうに周囲を見ている。

うーん、こっちよりももっと高級店を巡りたいけれど、仕方ないかと諦めて笑顔で誤魔化した。あたしの笑みにコロッと騙されるから、男ってチョロい。アリスの顔は可愛いし、胸もそれなりに大きいから武器になっているのは自覚している。前世でも大学の時に男の子を落とす方法を書いた雑誌を読みふけっていた。異世界でも実践してみるとちゃんと通用したから、本当に簡単だった。お金持ちのイケメンに囲まれてご機嫌で街を歩いていると、ふと目立つ赤髪が目に入った。

「……あれは」

目立つ赤髪はゲームの攻略対象の一人、ジークフリードだった。もう一人は妹のジークリンデ。

二人の間に挟まれて、例の黒髪黒目の女がいる。チビで平民の癖にどうしてジークと一緒にいるのだろう。どうしてジークは黒髪の女に優しい顔を向けているのだろう。ゲームに登場していた訳でもないのに。不思議に感じてみんなに調べてもらったら、ハイゼンベルグ公爵の後ろ盾を得て聖女として働きつつ学院に入学したそうだ。容姿も賢さもあたしより劣っているのに……お金なら商家に生まれたあたしの方が自由に使える。パパに頼めば良い剣だってプレゼントできるのに、どうしてジークはあたしに振り向いてくれないの？

本当ならジークが幼い頃に彼の妹は死んでいる。ジークは必死に努力して騎士科へと入学し、異母兄弟である近衛騎士団団長子息のマルクスと問題を起こす。和解ルートも敵対ルートもあって、彼らの行く末をはらはらしながら話を読み進めていた記憶がある。どうしてマルクスと異母兄弟なのだと悲しんで、ゲームのテキストを変えたいと何度願ったことだろう。あ……マルクスと異母兄弟は変えられないけれど、ジークの運命は変えられるかも。

そう、そうだ。乙女ゲームの世界に転生して、未来の知識があたしにはある。ジークのルートを辿（たど）らなくても逆ハーレムルートなので自由度は高い。好感度は最初から最大値で、あたしに落ちやすい状況だ。その証拠に魔術師団副団長であるハインツとジーク以外のみんなはあたしを好きだと言ってくれる。二人との接触の機会を増やせばあたしを見てくれるから！

「どうした、アリス？」

「ううん！　なんでもないよ、ヘルベルトさま！」

心配そうな顔をしたヘルベルトを見上げ、にっこりと笑って誤魔化した。

「行きましょう、アリス」

「ああ、行こうぜ」

「時間は有限ですからね」

「うん。アリスと一緒に全員集まる機会なんて滅多にないから」

ゲームのシナリオ通りに五人が言葉を口にする。今の言葉だってゲームの逆ハールートの台詞の一部分だった。街に出かけた時の台詞だし、ゲーム通りに進んでいる。例外はこの中にジークとハインツがいないこと、何故かジークの妹であるジークリンデが生き残っていること、どこの馬の骨とも分からない黒髪黒目の女がジークの側にいること。

「さあ、手を」

ヘルベルトが学院では滅多に見せない笑みを浮かべながら手を差し出して、金色の髪を風が揺らした。あ、これイベント絵だ。確かゲームだと……。

「で、でも。ヘルベルトさまには婚約者が……」

ゲームの通りに主人公の言葉を口にする。ヘルベルトの婚約者、悪役令嬢に位置しているソフィーア・ハイゼンベルグはなにも言ってこない。学院ではあたしたちを監視しているような、厳しい目で見ているだけであたしに手を出してくれない。ゲームではヘルベルトを愛していたから、今の彼女の内心は嫉妬の嵐となっているはずなのに。女の嫉妬って怖いから気を付けなければと身構えていれば拍子抜けだった。なにもしてこない、なにも言ってこないなら、あたしにヘルベルトを譲ると認めているようなもの。

　ヘルベルトが教えてくれた。ソフィーアはつまらない女だって。いつも貴族然とした態度でヘルベルトと接する上に、あれやこれや口うるさいと。第一王子の兄が玉座に就くのだから、少しくらい気を抜いても構わないし、遊ぶくらい許してほしいって。彼の後ろ盾となっているハイゼンベルグ公爵も『王族たれ』と口出ししてくるそうだ。血縁関係が薄い者にどうしてそんなことを言われなきゃいけないのかと憤っていた。

　血が繋がっていてもパパとママからお小言を貰うとムカつくから、ヘルベルトの気持ちは凄く理解できる。同意の言葉を口にすると『アリスは優しいな』と甘い言葉と態度であたしを嬉しい気持ちにしてくれるし、誰もいなければ抱きしめてキスもしてくれるの。日本の男よりもスマートだし女の子の扱いが上手いから、本当に楽しい。あたしは甘くて優しい恋愛を望んでいたのだと、心が満たされる。

「アリス、殿下、行こう」

　赤髪のマルクスがあたしたちの数歩先で声を上げた。彼の婚約者であるセレスティア・ヴァイセンベルクからは一度忠告されただけで、それからはなにも言ってこない。逆ハールートを辿っているから、あたしに対するヘイトの値が低いのかもと心の中でガッツポーズを取る。婚約者たちにいじめられる覚悟をしていたから肩透かしだったけれど、女同士の喧嘩なんて面倒なだけだし回避できて良かった。一番意外だったのは黒髪黒目の女があたしに対して、忠告してきたことだ。関係のない人間に口を出されるのは腹が立つけれど、面倒になりそうだからとぼけておいた。平民で家名もない子に、あたしの行動を指図される筋合いはない。

　他のみんなにも婚約者がいるけれど、彼女たちとの結婚を望んでいない。貴族として王族としてきちんと振る舞えといつも口うるさく言われ、あたしのように楽しそうに笑うこともお喋りすることもないって。じゃあ、別れてしまえば良いよね。だってそんなにつまらなければ、誰も幸せなんて手に入れられない。

　あたしが力を覚醒させて活躍するイベントまでもう少し。それを越えるとアルバトロス王国内で発言力を手に入れることができる。上手く行けばゲーム以上の活躍をして、あたしの言葉がゲーム以上に認められるようになるかもしれない。

　——あたしがヒロインだもの！

　アリスに生まれ変わったのは、あんな死に方をしたあたしを憐れんだ神さまがくれたプレゼントだ。だからあたしはなにをしても許される。みんなと結婚したいなら、ヘルベルトにお願いして法律を変えてもらえば良いし、駄目になったらみんなと逃げ出して重婚が許される国へ向かえば良い。イベントを終えると、あたしが主導して動けるようになる。今は我慢してイベントが訪れることを待っていれば、必ず主人公としての地位を確立できる。そしてみんなと結ばれて、甘い時間を経て幸せに暮らすの。大きなお屋敷に住んで、子供を産んで……。

「うん！　行きましょう、ヘルベルトさま！」

マルクスの言葉に返事をして、ヘルベルトの手を取る。平民が訪れるような商業地区に興味はないけれど、みんなが興味深そうに歩いているから今日だけは我慢してあげる。あたしを愛してくれる人が沢山いるのは嬉しいし、お金も地位も手に入るから良いこと尽くめ。

「アリス、愛してる」

「アリス、好きですよ」

「アリス、俺に付いてこい」

「アリス、いつまでも一緒にいましょう」

「アリス、貴女に神の加護がありますように」

みんながそれぞれの言葉で愛を紡いでくれた。あたしは満面の笑みを浮かべて彼らに言葉を返すのだった。

◇◇◇

全学科合同訓練に必要な買い出しのために街へ出て、お昼ご飯を終えたジークとリンと私は教会に顔を出した。学院に通い始め、討伐遠征へ向かうことがなくなった代わりに、治癒院参加の機会を増やしていた。公爵さまの鶴の一声で遠征依頼がこなくなったのだから、お貴族さま、それも王族の次に位置する公爵家の威光って凄いと感心している。そんな凄い人の後ろ盾を得ていても、人の噂や妬みは怖いから地道な活動をしている訳だ。本当は学生として勉強に打ち込みたいけれど、聖女として働くことを考えると仕方ない。今日もお昼から治癒院に参加して大勢の人へ治癒を施し、ジークとリンと一緒に最後の片付けをしようと椅子から立ち上がって直ぐの時だった。

「ナイちゃん、お疲れさまです」

教会のシスターが語尾にハートマークを付けそうな勢いで私の下へとやってきた。五年前から世話になっている方で、右も左も分からない私の面倒を根気よく見てくれた人だ。シスターたちの中でも若手に位置するため、教会で治癒院が開かれると雑用係として姿をよく見る。

が、彼女はなにを隠そうクレイジーシスターである。整った顔にいつも柔和な笑みを浮かべているが、レンガを持ち出して自分の腕を折った強者。私の治癒魔術の効果を信じて折ったことは信頼の証だろうが、無茶を通り越して無謀だ。魔術の効果がなければ痛い思いをするのは彼女であり、長い時間を掛けて自然治癒に頼る他ない。自分で治癒魔術を掛けられる人だから問題はないけれど、本当に無茶をする。それ以降は彼女のことをクレイジーシスターと心の中で呼んでいた。声に出すと怖いから、口が裂けても言えないけれど……。

「お疲れさまです、シスター」

軽く頭を下げると、彼女は笑みを深める。私のことを名前で呼ぶ人は珍しい。黒髪黒目の容姿が珍しく通り名が『黒髪の聖女』だから一発で私だと分かるし、それを知らなくても『聖女さま』と呼べば会話が成り立ってしまう。シスターが私の名を呼ぶのは、聖女候補の頃から面倒を見てくれていることが大きな理由だろう。もう一人、世話になった盲目のシスターがいるけれど、今日は治癒院に参加していないようだ。

「急な話で申し訳ないのですが、ナイちゃんにお会いしたいと請われている方がいらっしゃいます。ご案内してもよろしいでしょうか？」

クレイジーシスターはにっこりと笑ったまま穏やかな声で告げた。

「あまり時間は取れませんが、それでよろしければ」

本当は宿舎に戻ってご飯を食べたい。魔力を消費するとお腹（なか）が減って仕方ないので、治癒院に参加したあとは宿舎に直帰するか、懐（ふところ）が潤っていれば街に繰り出してジークとリンと私でご飯を食べに行こうと決めている。時折、残り二人の孤児仲間も誘って食べるので、私の中で比重の大きいイベントだ。

早く帰りたいけれど聖女に会いたい気持ちを無下にはできないし、妙な人であれば公爵さまに報告すれば良いだけ。指名依頼かもしれないので会わない訳にもいかないなあと、私の後ろにいつの間にか控えていたジークとリンの顔を見る。

「仕事みたいだな」

「早く済ませて、宿舎に帰ろう」

ジークが短く息を吐き、リンが淡々と告げた。彼女が早く宿舎へ戻りたい理由は、私がお腹を空（す）

かせているのを知っているから。早く済むか長くなるかは、話の内容と私の対応次第だ。

「もうひと踏ん張りしないとね」

ジークとリンに頷いた後、クレイジーシスターへ顔を向けると彼女も頷きながら細い手を動かした。

「では聖女さま、参りましょう」

クレイジーシスターが私のことを役職に変えて呼んだ。彼女が最初に私を名前で呼んだのは、断る権利があると暗に伝えたかったから。聖女の仕事であれば最初から『聖女さま』とシスターは私のことを呼んでいたはず。それを踏まえると指名依頼の線は薄そうだが、受けるか受けないかの権利は聖女にあるので微妙なところ。行く先を手で示して体の向きを変えたクレイジーシスターが歩を進め、私たちは彼女の後ろに付いて歩く。

治癒院が開かれていた部屋から聖堂へ進むと、一人の男性が長椅子に腰掛けていた。あれ、と既視感を抱いて記憶を漁ると、以前に治癒院が開かれていた際に出会った方だと記憶に残っていた。彼は私たちの姿を見るなり長椅子から立ち上がる。

「こんにちは、聖女さま。またお会いできて光栄です」

一つに纏めた銀色の長い髪が、頭を下げたことによってはらはらと肩から滑り落ちている。ステンドグラスから差し込む光に当てられた銀髪が綺麗に反射して、神々しい光景だった。まあ目の前の彼が、細身の長身で凄くイケメンだから、目に映る光景に拍車をかけているのだろう。ジークも

凄く顔が整っていて女の子に注目されているけれど、目の前の男性も女の人から人気がありそうだ。

「はい。再会できたことを神に感謝せねばなりませんね」

私はゆっくりと礼を執る。神さまなんて信じていないけれど、シスターもいる手前こう言うしかない。彼と私が長椅子に腰を下ろしたあと、クレイジーシスターも同席するのか腰をかけ、ジークとリンは私の後ろで教会騎士として控える。シスターから声が掛かったのだから目の前の男性は教会の許可を得ているので、身元は確かな方なのだろう。

「ええ、神に感謝を。では、さっそく本題に入りましょう。僕はこれでも魔術師を名乗っておりまして」

にこりと笑う目の前の男性は魔術師なのか。魔術師は変態が多いと耳にしたことがある。魔術を研究開発しているためか、性格が特徴的な方が多いらしい。自慢大会でも始まるのかなと身構えていると、脇(わき)に抱えていた本を差し出された。どうやら受け取れとのことなので、手を伸ばすと本を渡されてしまう。

「聖女さまは魔力制御が不得手とお見受けいたしました。それを解決するための本になります。少しでもお役に立てればと思い至り、教会に掛け合って許可をいただきました」

受け取って良いのか迷って、クレイジーシスターを見る。確(しっか)りと頷いてくれたので、本を頂くことは問題ないようだ。

魔術に関する本は高価である。一度しか会っていない私に親切心を見せるのは凄く怪しいけれど、教会から許可を得ているなら裏で取引されているのかもしれない。以前から魔力制御が下手糞だと耳にタコができるほど言われているので、制御がマシになるなら有難いことだけれど。タダで施されることが落ち着かないし、公爵さまに報告すべきだろう。報告を怠ってあとで公爵さまから怒られるのは私だし。でも、教本を頂けることは本当に有難い。

「お心遣い感謝致します」

本を腕の中に抱えてお礼を述べつつ、彼のことを銀髪の不審者と名付けてみる。だって、前回も聖女さまたちが治癒を施しているところを観察していたなら出歯亀そのもの。出歯亀なら不審者だしなあと、彼の特徴的な銀髪と掛け合わせて銀髪の不審者とした訳である。銀髪の出歯亀よりはマシだ、マシ。

「では僕はお暇させていただきます。聖女さま、また会えると良いですねえ」

ふふ、と笑った銀髪の不審者さんが長椅子から立ち上がり、颯爽と教会の大扉から出て行った。手に抱えている魔術指南書に視線を落とす。

「良いのかなあ、こんな高価な物を頂いて」

有難いけれど、値の張るものだ。読み込むか写本したら返そうかな。本の紙は質が良いものを使って装丁されているので、一目見ればお金を掛けていることが分かってしまう。

「お気になさらずとも良いのですよ、ナイちゃん。教会への寄付という形で話をいただいています。お勉強を終えれば教会に預けても、ナイちゃんが所持したままでも問題はないですから」

　クレイジーシスターは顔を横倒しにして、私を見てにっこりと笑う。ちょっと……いや、随分と彼女の行動が怖いと感じつつ、寄付なら銀髪の不審者さんに本を返却する必要はない。教会へ預けると図書館に蔵書され、教会関係者は自由に閲覧可能だ。宿舎だと盗まれそうだし、教会に預けていつでも見られるようにしておく方が安心かな。普通なら高価な物を受け取るのは遠慮しそうだけれど、クレイジーシスターである。教会のためになることなら遠慮しない上に信仰心が篤いので、銀髪の不審者さんが『教会と聖女さまのためです』と言えばホイホイと受け取りそうだ。話をしたのはクレイジーシスターだけではなく、教会の事務方や神父さまも同席しているので、銀髪の不審者さんは嘘を吐けないし。

「それなら、目を通したあと教会に預けます」

　金銭が発生すると面倒だから寄付で魔術指南書を寄越してくれたようだし、教会も彼の提案を受け入れたのだろう。まずは本を読んで、得られるものがあれば十分かな。教会に預けたなら、復習したい時は教会図書館に出向けば良いだけ。

「はい。神父さまや皆さんには伝えておきますね」

　クレイジーシスターが今度は反対側へ顔を傾け、にっこりと微笑む。

「お願いします、シスター」

「承りました。今日はお疲れさまです、ナイちゃん。ジークフリードくんとジークリンデちゃんもお勤めご苦労さまでした」

シスターは私の後ろに控えているジークとリンへ視線を寄越す。

「はい、お疲れさまでした」

「……」

ジークは軽く言葉を交わし、社交性が欠けているリンは目線を下げるだけだ。二人に外交担当は荷が重いので私が引き継ぐ。

「シスターもお疲れさまです。シスターが捌(さば)いてくださると効率が良くなりますから」

「褒めていただいてもなにも出ませんよ」

孤児仲間のように気心の知れた仲とは言えないが、五年近く付き合いがあるのでそれなりに喋ることができる。学院のことやお貴族さまに勉強のこと、他愛のないことを喋りながら教会の正面入り口までシスターは私たちと一緒に歩く。重い扉をゆっくりと開けば、空はもう茜(あかね)色に染まっていた。ぐう、と鳴りそうなお腹に我慢してくれと力を入れながら、シスターと別れの挨拶(あいさつ)を交わして三人で宿舎に戻るのだった。

合同訓練前日の放課後。城の魔術陣への魔力補塡(ほてん)もなく、暇(ひま)を潰(つぶ)そうとジークとリンと私は学院の図書棟へ向かった。出入り口で司書さんに軽く頭を下げて、本の森の中へ足を踏み入れる。本は

知識の塊だ。大切に扱われており、図書棟の窓の数は限られていて少し薄暗く、少々かび臭い独特な匂いも漂っている。学院は王立の教育機関なので、蔵書数が多い上に取り扱いジャンルも雑多。『ゴブリンでも分かる騎士道』『ゴブリンでも分かる魔術』とか酷いタイトルの著書もあり、歴代の司書さんやリクエストした生徒の真意を聞いてみたくなる。

私は聖女の仕事に役立てるため、人体解説した本がないかと探しにきた。ジークとリンとは分かれ、各々目的の本を探して五分後に合流しようと約束している。

本来であれば医学書系の場所に足を向けるべきだけれど、私が今見ている本棚は魔術関係の場所だ。医学が発展しておらず、医学書は物凄く数が少ない上に眉唾モノの医療術が記されていた。病気を治すための祈祷方法になんでも瀉血で解決しようとする。私の医療知識は乏しいものの、流石にそれは……と引いてしまうのだから、王国の医療レベルが窺い知れる。

「……あ、あった」

目的の本を見つけ、声のトーンを落として呟いた。医療分野がアレなので、何故か魔術師が人体解剖とか神経や各臓器の働きを調べている。変態が多いと言われる彼らなので、人体を弄ぶことに忌避感が少ないのかも。でも、変態な人たちがいなければ私の知識吸収ができないので感謝、感謝と祈りを捧げながら目的の本を取ろうと右腕を伸ばす。届かない。踵を浮かし背伸びして、限界まで腕を伸ばしても届かない。ちんまいのは仕方ないけれど、不便が多々あるなあと周りを見渡す。台座か梯子があれば動かして本を取るのだけれど見当たらない。

「ナイ」

リンは周りの方たちに迷惑が掛からないようにと声量を随分と落としていた。私へ静かに近づき隣に立って棚を見る。

「どれ？」

背が足りなくて目的の本が取れないとリンは何故気が付いたのか。疑問はとりあえず置いて、目的の本を彼女に取ってもらわないと。

「リンの真正面にある棚の二段上、左から四番目、かな。どうして分かったの？」

「少しだけ困った顔をナイがしてたから」

リンが言葉を零しながら本に手を掛けて目を細めた。そんなに顔に出ていたかなあと、両手を己の頬に当ててむにむにと揉んでみる。

「他の人なら分からない……多分。これで良い？」

彼女が差し出した本を受け取りありがとうと伝えて、パラパラと本の頁を捲る。内容は人間や動物の解剖書。この手合いの本は野蛮だと言って教会の図書館には置いておらず、学院の図書棟だと雑多な分野が揃っていて正直助かる。教会は邪教だと噂が流れても困るから、この手の内容を記した本は置けないのだろう。

「ナイ、リン」

ジークが数冊の本を腕に抱えて私たちに声を掛け、リンと私も彼に返事をする。ジークが歩みを止めリンと並ぶと、私の背丈の無さが目立つなあと苦笑い。ふとジークの鳩尾あたり……丁度私の真正面に視線が行く。

「ジーク。制服のボタン、取れかけてる」

私の言葉にジークが制服へ視線を落として、取れかけのボタンに彼の長い指が添えられた。

「……いつの間に」

ジークがぽつりと呟き、新調したばかりなのにこんなこともあるのかと私は小さく笑う。

「どこかに引っ掛けたか、糸が緩んだか……かなあ。宿舎に戻ったら直そう」

裁縫道具は鞄の中なので特進科の教室に戻って付け直すと、帰りの馬車の時間に間に合わない。少し不格好だけれどジークには我慢してもらうしかなく、すまない頼むと告げた彼の顔を見上げると、不意に『ブチ』と音が聞こえて毟り取ったボタンを内ポケットに仕舞い込んでいた。ボタンを失くすより良いけれど、雑に扱って生地が傷んでしまうと考えるのは貧乏性が身についているせいなのか。しかし、まあ。

「男の子だねえ」

糸を引きちぎるなんて全く考えておらず、ぼそりと呟いた私の言葉にそっくり兄妹が顔を見合わせて、首を右側に同じ角度で傾げていたのだった。

学院から乗合馬車に乗って宿舎に戻るなり、ジークから制服のブレザーを引っぺがして自室に戻った。相手がリンであれば彼女の部屋に赴いて繕うけれど、ジークは男性である。私が彼の部屋に入る訳にはいかず当然の行動だった。

机に荷物を置いて鞄から裁縫道具を取り出し、ベッドサイドに腰を落とす。取れたボタンを付けるくらいなら直ぐに終わるけれど、職人さんが付けたものと遜色ないように戻すのは難しい。いつもよりゆっくり丁寧に針を通して、他のボタンと同じになるように気を使う。

「大きいなあ」

ボタンを付け終わり他の場所に問題がないか確かめて、ジークの制服を目の前に広げてみた。背丈が違うし異性だから当然だけれど、それでも大きいと苦笑する。

「ナイ、入って良い？」

開けたままの扉を二度ノックしてリンが姿を現した。制服から平民服に着替えて部屋の前で立ち止まっている彼女にひとつ頷くと、顔を綻ばせてこちらにやってくる。

「兄さんの制服広げてどうしたの？」

リンは私の隣にゆっくりと腰を下ろして、ジークの上着に不思議そうな視線を向ける。

「ん、大きいなあって見てただけ」

「……私より兄さんの方が背、高いから当然だよ」

リンとジークだと十センチくらい身長差がある。ジークと私となると……考えたくない。なんとなくジークの制服を羽織ってみると大きいし、私がもう一人入っても余裕がありそうだ。

「ぶかぶかだ……。リンでもジークの制服は大きいかな？」

「どうだろう？」

話し相手がリンなので深く考えず言葉にして脱いだジークの制服を渡すと、彼女はおもむろに袖を通した。ゆとり部分が多いし、ジークの肩幅が広いせいでかなり不格好だった。

「大きいね。兄さんの匂いがする」

リンが目を細める。ジークの身長を十センチほど私が頂いても良い気がしてきた。

「リンでも大きいか。私はジークの匂いは分からなかったけど」

インセストを避けるために、近しい異性の匂いには敏感になるよう女性の本能に仕組まれていると聞くからリンの言葉は仕方ないのだろう。決してリンがジークを嫌っている訳ではない。

「二人とも俺の制服でなにをしているんだ」

いつの間にか部屋の前にジークが立って、呆れ顔でリンと私を見ていた。制服を取りにきたようで、私たちが彼の制服で遊んでいるなど思っていなかったようだ。

「ジークの制服大きいねって、リンと話してた」

私服に着替えたジークが入るぞと断りを入れて私も彼の言葉に頷くと、扉を開放したままこちらに数歩で辿り着く。

「身長が違うから当然だろう」

彼はリンから制服を受け取り腕に抱え、なんとも言えない顔を浮かべた。当然と言えば当然だけれど、改めて考えるとやはり性差を感じる。

「リンと同じこと言ってるね。あ、ちゃんとできているか、着て確かめてほしいかも」

少しおかしくて笑った私にジークが軽く息を吐いて、制服に袖を通してボタンを留める。大丈夫と聞けば『良い感じだ』とジークが合格点をくれ、いそいそと制服を脱いだ。

「ナイ、すまない。ありがとう」

ジークの声にどういたしましてと言葉を返し、ふと『ありがとう、かあ』と頭に浮かんだ。

「ナイ……なにか考えてる？」

思考の海に沈みそうになった私の制服の袖を、リンが握りながら顔を覗(のぞ)き込んだ。小さい頃からの癖が抜けないなあと、私の顔を見ている彼女と視線を合わせる。心配させるつもりはないし、少し昔を見返していただけ。へにゃと情けない顔を浮かべるリンに苦笑しながら口を開いた。

「うん、今日の夕飯はなにかなって」

貧民街時代のことを話すか迷った末に誤魔化した。昔を語り始めると、どうしても暗い話か重い話になる。仲間内みんな、小さい頃は難儀な生活を送っていたものだ。

「それは……とても大事」

「少し早いが、食いに行くか」

リンはきょとんとしてから破顔し、ジークはくつくつと喉(のど)を鳴らしながら返事をくれた。私の食い意地が張っているのは二人とも熟知しているので、単純にお腹が空いただけと判断してくれたようだ。もしくはなにか気付いていながら、気付かないフリをしているか。なんにしても有難いと笑みを浮かべてベッドサイドから立ち上がり、三人で合同訓練のことを話しながら食堂を目指すのだった。

◇◇◇

全学科合同訓練当日、朝。学院が用意した馬車に乗り、王都の外門を抜けて長閑(のどか)な田園風景を眺めながら森を目指していた。整備された道を馬車で二時間ほどかけて行き、森の入り口からは荒れた道を一時間ほど歩く。以前購入したナイフや鉈(なた)を腰にぶら下げ、必要な荷物も纏めて今は幌(ほろ)付き馬車の私の足元に鎮座していた。

「長閑だねえ」

春まきの麦の芽が土から顔をだして、あたり一面緑色。はるか遠い先には山々が聳(そび)え立ち、頂(いただき)には微(かす)かに雪が残っていた。春は過ぎ、木々からは新芽が生え、穏やかな風が私たちの頬を撫(な)でている。

「どこも代わり映えのない景色だがな」

「王都や領都を出ると、変わらないね」

ジークとリンが笑いながら私に語りかけた。私たちが住むアルバトロス王国は一大穀倉地帯であり、生産が賄(まかな)えない他国に輸出する余裕もある。穀物類の生産が盛んなので、逆に畜産物や海産物は値が張る。内陸に位置する国ゆえに、海産物は特に貴重だ。狩りをすれば肉類は手に入るけれど、王都から狩場へは気軽に行ける距離ではない。家庭で豚や鳥を飼育している人もいるが、やはり貴重で。久方ぶりにお肉が食べられるかもと期待しているが、魔物と対峙した時以外は魔術の使用は禁止だし、無益な殺生も禁止と通達が出ている。自力で野生動物を仕留められるかは運任せだ。

「楽しくなると良いなあ」

仕事で王都を出る以外は、基本的に教会と城と学院の往復だ。こうした行事でもなければ外に出ないので、気分はもうキャンプである。

「たまには息抜きもしないとな」

「うん」

訓練の内容は騎士科と魔術科がメインなので普通科と特進科はオマケである。私たちは騎士と魔術師の護衛対象扱いだ。将来に備えて、森の中で生徒を守るのが目的だそうだ。ルールはざっくりとしていて、班分けは一人でも複数人でも構わないし、学科やクラスを超えて組んでも構わない。ならば幼馴染三人が一緒になるのは当然で。馬車には私たち以外に何人か乗り込んでいるけど、知らない人ばかりだった。

ジークとリンも知らないので魔術科か普通科所属の人たちなのだろう。何度か短い休憩を挟みながら、馬車は目的地へと辿り着く。荷物を持って馬車から降り、片手で腰を押さえながら背伸びした。整備されている道とはいえ、馬車の防振機構がお粗末だから身体に堪える。

「ん～。流石にきつかった」

馬車が狭く身動きが取れない上に、ごそごそすれば他の人にも迷惑が掛かるのでじっとしていたのだから仕方ない。お貴族さまたちは平民が乗る馬車より良いものが用意され、乗り込む人数も少ない。男性と女性が別になるように配慮もされている。男女一緒に乗り込んだ方たちは、婚約者同士だろう。お貴族さまならではの編成と言えた。私たち平民は男女一緒くたに押し込まれた。まあ、それはどうでも良いことだ。男女別だとジークと分かれてしまうから、私たちにとって都合が悪い。

「だな」

「だね」

荷物を置いて背伸びする私を見ていたジークとリンはくつくつと笑う。二人が平気そうなのは鍛えているからだろう。いつもより二人と私の距離が近いのは気のせいかと考えていると、軍服に身を包んだ人が軍靴を鳴らしながらこちらへ近づいてくる。

「！」

見知った顔で、その人との付き合いはもう五年になる。貧民街に私を探しにきた兵士の中の一人、あの時の隊長さんだ。

「待ってください、今日は学院行事なので……」

私を視認して、こちらへ足を運んで敬礼しようとしたのを止めた。足先から頭まで視線を動かしていたので、今日は学院生としての参加だと気付いてくれたのだろう。ジークとリンは彼へ黙礼していた。

「あー……。すまん、理解した」

結構な歳の差があるけれど、身分の上下を取り払えば親しみやすい人である。以前、奥さまの産後の肥立ちが悪く、土下座する勢いで診てくれと頼まれたのが切っ掛けで、それからは気楽に言葉を交わすようになった。軍でも人望があり、五年前より出世している。隊長さんは頭の後ろを掻きながら、猫背ぎみになって視線を合わせ謝ってくれたのだった。

「隊長さんはお仕事ですか？」

話しかけないでほしいというより、聖女として扱わないでほしいだけ。挨拶代わりの雑談をしようと話を広げてみた。

「ああ。毎年、軍も騎士団も学院からの依頼で駆り出される。今回は動員された人数が多いうえに、魔術師団からも人がきてやがる。まあ、そういうこったな」

隊長さんは高位貴族の皆さまが集まっている方へ顔を向けた。今年は第二王子殿下を始めとした有名どころが揃っている。学院側もなにか起きた時には責任を追及されるので、軍や騎士団を多く借り受けるのは当然だろう。例年だと配置されない魔術師団の方まできているなら、学院の気合の入り方が違うことは明らかだ。隊長さんを見ていると一度息を吐いて、面倒そうな顔から真顔になって私を見る。

「あの森なら、そうそう問題なんざ起こりはしないが……」

「なにかあるんですか？」

私は腕を組んだ隊長さんを見上げながら、なにかあるのか聞いてみた。

「うんにゃ。森自体は問題じゃない。それよか、学院は貴族さまが多いからな……その手のことで毎年なにかしら俺たちが奔走（ほんそう）せにゃならん」

凄く面倒臭そうに息を吐いた隊長さん。毎年、いろいろとあるのだろう。騎士団はお貴族さまが多く所属し、平民がやるような仕事はやりたくないと平気で口にする方もいる。で、そのツケが軍の人に回ってくる。騎士団が横柄な態度を取れば公爵さまのカミナリが落ちそうだけれど、そこはまだ大丈夫みたい。

「騎士団と魔術師団の方たちは？」

王都から森の入り口までの警護は軍がメインで、騎士団と魔術師団の人たちの姿を見ていなかった。疑問に感じて隊長さんに聞いてみると、むっとした顔を浮かべた。

「あいつらは森の入り口で待機中だ。俺たち軍より先に行って安全を確かめるんだとよ」

隊長さんは不機嫌な物言いだから、一悶着（ひともんちゃく）あったのだろう。森の安全が確保できるのは良いことだが、獲物が警戒して逃げるから勘弁してほしい。久しぶりの肉にありつけると、鞄の中に塩と胡椒（こしょう）を忍び込ませているのに……。ちなみに塩は安価だけれど胡椒は値が張る。財布の中が寂しくなったけれど、ちょっとくらいの贅沢（ぜいたく）なら許されるはず。

「私たちは、危なくないならそれで」

隊長さんには申し訳ないが、楽しめるならそれで良い。そして無事に二泊三日を越えられればオールオッケー。黄金世代と呼ばれる第二王子殿下以下、大物揃いである。警備を担(にな)う方たちは大変だろう。貴族女性が怪我をして、傷が残ることになれば切腹(せっぷく)――この国にそんな作法はないけれど――もの。そりゃ隊長さんも溜め息が出るはずだ。

「ああ。お嬢ちゃんたちは気軽に野宿を楽しめば良いさ」

隊長さんの苦労は計り知れないが、二泊三日を楽しく過ごしたい。騎士科と魔術科の訓練を兼ねているので、倒すことが安易な魔物は出るだろう。軽い怪我を負う生徒は出てくるかもなあ。少々の怪我なら魔術科の生徒でも治せるから大丈夫かなと考えていると、それじゃあなと軽く手を挙げて隊長さんは去って行った。

――全学科合同訓練。

それはヒロインであるあたし(アリス)が聖女として覚醒するための重要なイベントだ。ファンディスクの逆ハーレムルートを通っているから本編の個別ルートより楽をしているし、フェンリルのリルくんを手に入れるのも簡単だ。

『アリス、三日間一緒に過ごせるな。凄く嬉しい』

合同訓練が始まる前、学院で一年生全員が集まった際にヘルベルトがあたしに甘い言葉を囁いた。ゲームでもこの台詞を聞いたけれど、直接耳に届く声は更に素敵だ。耳に心地良い声は、四六時中聞いてても飽きないのだから。少し心配なのは実際の逆ハーレムルートと違って、ハインツとジークがあたしと一緒にいないこと。

本当なら楽しく一緒に過ごしていたはずなのに、どうしてだろう。ハインツは学院の特別講師として招かれているけれど、一度目にしただけで接触する機会はなかった。彼とは偶然出会ってお互いに惹かれ合う。ハインツと出会う場所に何度も足を運んで待ち伏せをしたのに、結局なにも起こらないまま時間だけが過ぎた。

ハインツとお喋りすることは叶わなかったけれど、騎士科所属で平民のジークと話をすることができたの。ちょっと前、騎士科所属の男の子に話をつけて、彼を人の往来が少ない庭に呼び出してもらった。本来とは違う展開だけれど、切っ掛けさえあればちゃんと進むはずだと期待に胸を膨らませてジークフリードを、ジークを待っていた。

ざあ、と噴水から流れる水音がやけに大きく響いている。真上に昇ったお陽さまの光を浴びてきらきらと輝いている水面は、ジークとあたしの未来を示しているようだ。ヘルベルトをはじめとした五人は手に入れているし、あとはジークとハインツが加われば、あたしの目的通りになる。ジーク以外はお金を持っている貴族だから、みんなと結婚すれば困ることはないし、ヘルベルトは王族で法律を変えることだってできる。なにか問題があれば家を頼るか、ヘルベルトにお願いして変えてもらえば良いだけ。

噴水の縁に座って目的の人を待っていると、背の高いジークがこちらへとやってきた。少し後ろには彼と同じ赤色の長い髪を纏めているジークリンデの姿が。本当なら幼い頃に死んでいるジークの妹が、今も生きているのが不思議でならない。ジークの妹は距離を保って立ち止まり、ジークはあたしの下へと歩を進めた。

ざ、と足音を鳴らしてあたしの目の前に彼が立ち止まる。凄く背が高くて格好良いし、制服の上からでも確りとした筋肉を纏っているのが分かってしまい、胸の高鳴りが止まらない。ジークの腕の中に抱き留められて、耳元で甘い言葉を囁かれたら蕩けてしまいそう。

『私になにか?』

ジークが硬い声色であたしに問いかけた。『私』だなんて他人行儀だなあ。ジークの一人称は『俺』なのに。貧民街で育った彼は、自力で生き残り必死に頑張って学院の騎士科に入学した。距離を感じて寂しさを覚えるけれど、ぐっと堪える。まずはあたしに興味を持ってもらわなくちゃ始まらない。

『あのね、あたしはジークのことが大好きなの。だからお付き合いできないかなって!』

両手を胸に当てて告白する。孤児ゆえの警戒心の高さから、ジークのルートはヒーローから愛を囁かれるのではなく、あたしから告白する。貧民街暮らしが長かったせいで、ジークは他人に心を開くことが苦手。あたしの告白を通してお付き合いするようになり、ジークの態度がどんどん軟化して彼本来の優しさを見せてくれる。

今の言葉は、ジークに惹かれて必死に接点を作って意を決し告白したところと同じもの。

『……申し訳ありません、私は色恋に興味がなく。他の方をお当たりください』

ジークは顔色一つ変えずにあたしの告白を断った。どうしてあたしが断られるの……。女の子に告白させておいて、その断り方はないじゃない……！　ああ、そうか。今の彼には余裕がないのだ。学院に入学したばかりで、いろいろと大変な時期なのだろう。黒髪黒目の女と一緒にいなきゃいけないし、死んだ妹も一緒にいる。住んでいる家は碌な場所じゃなさそうだし、ご飯も美味しいものを食べてないのかも。

『ジーク、気持ちを偽らないで。あんな意地悪な子と一緒にいるのがいけないんだよ！』

ジークが片手を口に当ててなにか言いたいのを我慢しているけれど、今はそれどころじゃない。彼は黒髪黒目の女に弱みでも握られているのかも。お荷物な妹の面倒もみているようだし、ジークに付き纏っている女二人は彼から離さないと。ヘルベルトにお願いすれば、きっと簡単にできる。

『先ほどお伝えしたことが、私の嘘偽りない本心です。では、失礼させていただきます』

ジークを手に入れる方法を考えていると、彼が用を終えたと言ってあたしに背を向けた。妹の側まで近づく彼の背に、あたしは食い縛っていた口を開いた。

『ねえ、待ってジーク！　どうしてあたしに冷たく当たるの？　どうして死んでいるはずの妹が生きているの？　ジークにとって黒髪の女ってなに？　答えてよ、ジークっ！』

あたしが必死に問いかけている間も、言い終わったあともジークは振り向くことはなく、妹の隣で一度立ち止まる。

『行くぞ、リン。耳を傾けるな』

距離があるのにジークの声がはっきりと耳に届いた。妹がジークになにか言っているけれど、あたしにとって価値のないものだから聞こえない。二つ並んで歩く背中を小さくなるまで、歯噛(はが)みしながら見ているだけしかできない。誰もいなくなった噴水の縁に近寄って、水面に思い切り右の拳(こぶし)を叩(たた)きつけた。

『どうしてジークはあたしのモノにならないの？　あたしが告白したのに！　あたしが他の女に負けるはずがないじゃないっ！』

揺れる水面があたしの顔を歪(ゆが)ませ、頬に跳ねた水が伝う。叫んで少しスッキリしたけど、腹立たしさは残ったままだった。ハインツとも接触できていないし、一体どうして……。一番悔しいのは、貧相な黒髪黒目の女にあたしが負けていることだ。身長だって胸の大きさだって、顔の良さも学院の成績もあたしが全て、全て勝っているのに！　どうしてジークはあたしに振り向いてくれないの！　あの女に向ける優しい顔を私に向けてくれないの！　ぎゅっと握り拳を作って、手に爪が食い込まんばかりの力を入れる。

「――アリス、考え事か？」

ヘルベルトが不意にあたしを呼んで、消したい記憶から引き揚げられた。握っていた手に力が籠(こも)

っていたようで、あたしの手の上に彼の手が置かれ、ソレを解きほぐすように互いの指と指が絡み合う。心配そうにあたしを見下ろしているヘルベルトを見上げて、小さな笑顔を作る。彼のアイスブルーの瞳にあたしが写り込んでいるのが分かった。今はそのくらい距離が近い。

「あ、ごめんなさい。ヘルベルトさまとの将来を考えていたの……！　あと、みんなのことも！」

　ガタゴトと揺れる馬車の中。あたしとヘルベルトとみんなが一緒に乗っていた。悪役令嬢であるソフィーアとセレスティアは、出発地点の学院で馬車に乗り込む編成は男女分けるべきと主張したけれど、ヘルベルトが一喝すると押し黙った。大きな力で傲慢(ごうまん)な女を捻(ね)じ伏せるのは、見ているだけで気持ち良い。

「アリス、嬉しいよ。ちゃんと俺たちのことを見てくれて」

「あたしも、ヘルベルトさまとみんながあたしを見てくれるから、凄く嬉しい」

　絡み合った指に力が籠るのが分かった。あたしも程よい加減で指に力を入れ、彼の肩へ頭を預けると、ヘルベルトの腕があたしの腰に回る。本当は森の中で合同訓練なんて虫や生き物がいるから参加したくないけれど、イベントを起こすために必要だから仕方ない。嫌な環境で三日も過ごすから、ご褒美くらいあっても良いよね。ちょっとくらいヘルベルトたちとの距離を詰めても大丈夫。お泊りがあるなら、今より進展する可能性が高い。ゲームは全年齢対象で夜の描写は流されたけれど、絶対になにかあったはず！　一緒のテントや天幕になれるかは運次第でも、こっそりと抜け出しておねだりすれば応えてくれるはずだから。

悪役令嬢のソフィーア・ハイゼンベルグをはじめとした、彼らの婚約者は色事には無頓着なのだそうだ。貴族として立派に立ち回ってアルバトロス王国への忠誠と貢献をといつも口酸っぱく言われるって。

アルバトロスの発展は王さまの仕事だし、ヘルベルトの兄である第一王子が担うことだ。ヘルベルトたちは好きに生きていけば良いし、国への貢献なんて適当に済ませておけば誰も分からないよ。あたしはあたしに優しくしてくれる男の人がいて、お金があれば幸せ。そのお返しに、あたしはヘルベルトたちに甘い愛を与えれば良い。

「着いたようだな。アリス、手を」

指を絡ませながらヘルベルトの肩に頭を置いて、男の人の温かさを満喫していると目的地に着いたようだ。これから徒歩で次の目的地を目指さなければならず憂鬱だ。ハインツがいれば転移魔術で連れて行ってくれるのに残念でならない。

「ありがとう、ヘルベルトさま」

先に降りたみんなが馬車の中に残っていたあたしを待ってくれている。ヘルベルトが手を差し伸べて、あたしも手を重ね馬車のステップに足を掛けゆっくりと降りた。危なくないように手から腰に腕を回してくれたヘルベルトの顔を見上げて、にっこりと微笑みを浮かべると彼は蕩けた表情を浮かべた。目の前には森があって、再び憂鬱な気分となる。本当にハインツがいれば良いのにと願わずにはいられない。

「……あ、ハインツ」

あたしたちが降りた馬車から少し離れた位置に件の彼がいた。暇そうにして立っている、豪華な紫色のマントを羽織った銀髪の男の人。陽の光が髪に当たってキラキラ輝いて、凄く綺麗な光景だった。今から森の中に足を踏み入れる憂鬱が吹き飛び、ハインツとお話しするなら今しかない。

「ごめんね、みんな。ちょっと離れるけれど心配しないで！」

「アリス!?」

少し強引にヘルベルトたちの側を離れ、立ったままの彼の下へと走る。随分と足が速く息切れもないままハインツの側へと辿り着く。緊張で高鳴る鼓動を感じ、胸に手を当てて彼の前に立った。あたしに気付いたハインツが小さく首を傾げながら、あたしを目に捉えてくれた。その事実が飛びあがりそうなくらいに嬉しい。

あたしが手に入れられないものはない。ゲームをプレイしたいからと気弱なあの子からゲームの本体ごと借りたこともある。もっと良い彼氏が欲しいと、周りの女を蹴落として手に入れた。あたしを見てもらうためには、女を最大限に生かす。

「学院生が僕になにかご用でしょうか？」

緊張して言葉を発することができない生徒を演じていると、ハインツから声を掛けてくれた。やっぱり男の人って女のいじらしい態度に弱い。

「あ、うん！　ハインツにあたしのことを知ってほしくて声を掛けたの！」

本当はこんな場面はないけれど、ハインツと接触する機会を逃してしまったのだから、無理にでもあたしを知ってもらわないと。

「そうでしたか。ですが僕は学院生の護衛役。貴女と関わるべきではないと判断致します。ご自身の居場所へ戻るべきでしょう」

ハインツはヘルベルトたちがいる場所へと視線を向け、あたしは彼に倣ってそちらを見ると心配そうにみんながあたしを見ていた。ハインツの言葉に従うか迷い、あたしは立ち竦む。

「戻りなさい」

そんな突き放した言い方をしなくても良いじゃない。感情が良く分からないハインツの目が細められて、あたしに対して良くないモノを抱き始めたことだけは理解した。

「………あたし、あたしはアリス・メッサリナ！　これからもっと会うことになるから、よろしくね！」

最低限の情報だけ告げてハインツの側を離れる。押して駄目なら一度引いて、チャンスを窺おう。大丈夫。ゲーム通りの展開に戻すには、合同訓練で力に目覚めるあたしにハインツが興味を持ってくれれば良い。

「ただいま、みんな！」

あたしが戻ってきたことで安堵の表情を見せたヘルベルトとみんな。あたしを取り囲んで『大丈夫か？』『どうした？』と心配して真綿で包むような優しさを見せてくれる。この心地良い状況をあたしは逃したくない。逆ハーレムルートを通っているから、あたしの前に立ちはだかる困難は少ない。ジークとハインツも必ず手に入れると心に誓って、イケメン五人に囲まれながら森の入り口を目指して足を進めるのだった。

森の入り口を目指して雑草が生い茂る道を歩く。先に騎士団の方たちが道を作ってくれたようで、随分と歩きやすくなっていた。生い茂った草花は足で潰されて倒れているし、邪魔になる木の枝も切り落とされている。せっかく鉈を買ったのに使う機会を失ったとぼやけば『まだ機会はある』とジークが苦笑いを浮かべながら慰めてくれた。

道中はわいわいと騒がしく歩く生徒たちと、無言でしかめ面を晒しながら歩く生徒に分かれているので、慣れている人と慣れていない人の差が如実に出ていた。お貴族さま、特に位の高い人は不機嫌で、迂闊に近寄ればなにを言われるか分からない。ふと斜め前を見ると、金色のドリル髪が目に入る。

「ふふふ。辺境伯令嬢たるもの、このくらいのことでヘコたれませんわっ！　みなさま、最初からそのご様子では、三日間乗り切ることができませんよ！」

辺境伯令嬢さまが大きな声を上げた。彼女は例外だろう。高笑いしながら歩いている愉快な方だから。周囲の生徒を鼓舞しているが、ソレが成功しているのか、していないかは別として、みんなの上に立っているという自覚が備わっている。

「歩き辛いな……っち！」

ソフィーアさまは慣れていないようで、珍しく舌打ちをしていた。

「大丈夫か、アリス？」

「僕たちの後を付いてきてくださいね」

「ああ、歩き辛いだろうから少しでも均した所を歩いた方が良い」

「魔術が使えれば良かったのですが……」

「禁止されたからねえ」

またしてもヒロインちゃんと殿下方〝好色戦隊アタマオハナバタケー〟はくっついて行動している。魔術の使用は戦闘時以外禁止と通達されており、困っているようだ。

「みんな、ありがとう！」

ヒロインちゃんは嬉しそうに笑いながら、彼らとの距離を詰めている。私の助言は無意味となってしまった。周りのご令嬢たちは冷ややかな視線を向けているし、婚約者であるソフィーアさまとヴァイセンベルク辺境伯嬢さまは、彼らに対してハイライトが消えた視線を向けるようになっていた。彼ら彼女らの婚姻後が心配で仕方ない。

お貴族さまの一番大事な血を残す義務はどうするのだろう。ヒロインちゃんが愛妾ポジに入って彼女に子供ができても、子供は当主になれず正妻の方や家と揉めるだけだ。やらかした責任を取れないなら、あんなことを人前でしない方が良いに決まっている。……しかもハーレム状態だから、誰の子かも分からないというのに。

「ナイ。気にするな、放っておけ」

「私たちには関係ないよ」

目を細めて彼らを見ていた私に気が付いたジークとリンが声を上げた。

「そう、なんだけれどねえ」

将来を約束された人がいなくなり被害を受けるのは、彼らの下にいる平民だ。二人の言葉に苦笑いを浮かべていると森の入り口へと辿り着く。騎士団と少数の魔術師団の人たちが、物々しい雰囲気で学院生を待ち構えていた。

「お待ちしておりました、殿下」

装備の装飾が一番派手な方が地面に片膝(ひざ)をつき胸に片手を当て、第二王子殿下に臣下の礼を執ると、それに倣って他の騎士と魔術師団の人たちも頭を下げる。

「ああ、よろしく頼む。この三日間は学院行事だ。あまり出しゃばるなよ」

殿下はヒロインちゃんが関わらなければ普通だった。彼の後ろではヒロインちゃんが『カッコ良い！』と笑みを浮かべ、他の四人は微妙な顔をしていた。

「はっ！」

膝を擦りながら少し後ろへ下がった騎士は立ち上がり、次にソフィーアさまの下へ向かった。どうやら主立った生徒に挨拶回りをするらしい。

「けっ！」

遠巻きに眺めている私の横に隊長さんがいつの間にか立って、わざとらしく声にして悪態をついていた。んー、軍と騎士団ってそんなに仲が悪いのか。軍と騎士団の依頼で仕事をすることもあったし、共闘しているところも実際に見たことあるのだけれど。

「見られて困るのは隊長さんですよ？」

私は片眉を上げて苦笑しながら隊長さんを見上げると、凄く不機嫌そうな顔になった。

「分かっているさ。俺らの責任者が殿下に挨拶に行こうとしたら、さっきのいけ好かない野郎に止められたからな」

隊長さんは下顎を突き出して、目の前の光景を腹立たしそうに見ている。

「軍側の責任者は貴族の方なのですか？」

お貴族さまなら、職位が下でも爵位で物を言わせることができるけれど。

「貴族だが爵位が騎士爵なんだよ。良い人なのになあ……家格で舐めた行動を取られる」

ありゃ、爵位は下だったのか。実力があっても爵位で負けて、反論さえできない時がある。理不尽極まりないけれど、アルバトロス王国は貴族制度を採用しているのだから、言い負かしたいなら爵位を上げるか確固たる立場を得るしかない。

「そこは我慢すべきところでしょうね」

「だがなあ……そうだがなあ……」

「気持ちは分かります。理不尽なことは沢山ありますから」

本当に。お貴族さまの我儘に困る時がある。聖女として治癒に赴いた際、直面したことがあった。まあでも、最初に隊長さんが言ったように私たちは野宿を目いっぱい楽しむだけだ。

「暇なので？」

「うっせ！」

私の横でうんうんと唸っている隊長さんを揶揄うと、側を離れて部下の方たちに指示を出し始めたのだった。

◇◇◇

森の中へ続く道を歩くこと一時間、ようやく拠点である目的地に辿り着いた。学院生たちは興味津々に周りを見る人、つまらなそうにしている人、虫が嫌いで悲鳴を上げる人、疲れている人、様々だ。時間は、陽が空の真上に昇る頃。森の中でも足元が悪くない上に広場のようになっているから、寝場所に適しているのだろう。

「今から夜まで自由行動だ。普通科と特進科は各自、飯を作るなり寝床を確保するなり好きに動け。

ただし、この場所から離れる場合は俺たち教師に一声掛けろ」

引率の教諭が声を上げる。声を上げた教諭は騎士科の受け持ちだったはずだ。特進科の担任とは違い、ガタイが確りしていて腰には剣を佩いている。

「騎士科と魔術科はこれから魔物狩りに行く。もちろん普通科と特進科の者で腕に自信のある奴や狩りに興味のある者はこの場に残れ――」

腕っぷしに自信のある人は理解できるけれど、興味がある人を連れて行ってどうするのだろう。興味本位でついて行き、魔物に出会って錯乱なんて事態に陥れば目も当てられないのだが。

「ナイも行くか？」

ジークが背を屈めて、私に聞いてきた。

「一緒に行って良いものなの？　邪魔にしかならないよ……」

聖女として戦いの場に赴くこともあるが、火力面では役に立てない。一緒に参加しても荷物でしかないのだけれど。

「――興味がある連中には騎士科や魔術科所属の者が護衛に就く。もちろん軍や騎士団の方も一緒だから安心しろ」

タイミングを計っていたかのように教諭の言葉が続いたのだった。なるほど、興味のある人を護衛対象に見立てて周囲を警戒しながら移動し、魔物と出会えば守りきれということか。腕に自信があるならば、即席のチームを組んで対処しろと言いたいのだろう。

「邪魔じゃないし、一緒に行こう?」

リンがジークの反対側で少し背を屈めて私に声を掛けた。二人にお願いされると、私は逆らえない訳でして。水場と寝床の確保をと考えていたけれど、あとから三人一緒にやれば良いか。森の中では娯楽がなく、多くの人たちが狩りに繰り出そうと場に残っているのだから。

「それじゃあ、よろしくお願いします」

討伐遠征で軍や騎士団について行き聖女が前に出ると、聖女を護らなければと余計な仕事が増えるので、後方で待機していることが多い。もちろん状況によって、前線で危ない目にあったこともあるけれど。

「ああ」

「うん」

二人に軽く頭を下げたあと、ジークとリンと私はグータッチをして笑いあう。幼い頃から変わらず、仲間で協力する時にはいつも拳を突き合わせている。暫く待っていると、班分けがなされ行動を開始。私たちは草木が鬱蒼と茂る道なき道を進んでいた。時折、伸びた木の小枝が邪魔をするので、鉈で払いのける。先行するのは騎士科のジークだ。毒を持つ蛇に遭遇しないようにと、拾った長い枝で足元をぺしぺしと叩きながら前へと進む。私の後ろにはリンがいて、人を襲う生き物がいるので注意を払っている。周りにいる騎士科の人たちも、ジークとリンと同じようにしていた。

それにしても騎士科の人たちは凄い。護衛対象に見立てられている私たちは軽装だが、彼らは大きな荷物を持って道なき道を歩いている。疲労の度合いが大きいだろうに、疲れを感じさせないのは日頃の訓練の成果だろう。騎士科所属の女の子も男子と同じ扱いなのに、涼しい顔をしている。

「おい、ここから先へは進むな」

騎士の一人が私たちに声を掛けた。彼の言葉に頷き、進むなと言われた方向へ視線をやると、殿下たちとヒロインちゃんの姿が。後ろにはソフィーアさまと辺境伯令嬢さま以下、お貴族さまたちが群れを成していた。彼らの周囲を護衛しているのは騎士科と魔術科所属のお貴族さま生徒。そんな彼らの外縁で正規の騎士や軍の人が注意を払っていた。警備が厳重なのは国の未来を背負う人たちだから理解できる。けれど過保護ではと訝しんでしまうのは、私の心が擦れているからだろうか。

険悪な雰囲気が流れているなあと横目で見ながら歩いていると、ジークの背中が突然鼻にあたった。

「ナイ、止まれ。……ゆっくり後ろに下がるんだ」

ジークが普段より半音低い声で指示する。ゆっくりと下がっていくと、リンは私を背に庇って前に立ち腰に佩いている両刃の剣を抜いて構えた。

「兄さん」

「大丈夫だ、数は少ない。大方、群れからはぐれた個体だろう」

ジークは小さな声で状況を整理している。前を見ると王都の街中で見る犬より二回りほど大きな狼が三匹。獰猛な顔で牙をむき出しにして、私たちを狙い定めていた。

「どうするの?」

リンがジークに作戦を聞く。私は後ろに下がってジークとリンに守られるだけだ。状況が不味くなれば補助系の魔術を施すべきかと、念のために魔力を練って準備を済ませる。身に危険が迫れば魔術を行使しても構わないと通達されているが、学院行事なので討伐遠征のように出しゃばれない。騎士科であるジークとリンの評価を落とす事態は避けないと。

「前の一匹は俺が。後ろの二匹、いけるか？」

「ん、分かった」

腰を低くして剣の柄に手を伸ばすジークはゆっくりと長く息を吐いた、その刹那。一足飛びに前で唸っていた狼との距離を詰めて首を斬ると同時、リンも凄い速さで距離を詰めて剣を横薙ぎに一閃して奥にいた狼の腹を斬る。最後に残った一匹が一瞬怯みながらもこちらに向かう様子を見せたけれど、怖気づいたのか森の中へと姿を消したのだった。

「……肉」

生い茂る草の上に倒れた狼をまじまじと見つめて、口から声が零れる。

「肉だな」

「肉だね」

私が『肉』と漏らした声に反応して、ジークとリンも声を上げた。

「食べられるよね？」

王都でお肉を食べる機会は少なく貴重だ。お肉から視線を離して、ジークとリンに問いかけた。

「魔物じゃないからな」

「うん。食いでがありそう」

ジークとリンに向けていた視線を肉へと戻す。動物を殺めた罪悪感よりも、ご飯が豪華になるなと食い意地の張った孤児らしい考えである。小さい頃の食生活が悲惨極まりなく、植物や動物を見ると食べることができるかどうかで判断する癖がついていた。食べられそうなものに手を付けて、お腹を壊したことは何度もある。寄生虫が怖いけれど焼けば問題ない。今ならジークとリンには治癒を施せば大丈夫だし、私がお腹を下したなら治るまで耐えれば良い。

仕留めたなら水場に行って、血抜きしながら狼を水に漬け込みたいが、残念ながら手近な所に水場がない。今回は既に刀傷がついているので、私はナイフを手に取り血抜きを始めた。

「綺麗に剝げば毛皮になるのかな？」

リンが興味深そうに、狼の身体に切り目を入れた私を覗き込む。

「どうだろう、そのあたりは専門じゃあないから」

冒険者登録をしてギルドへ納品すれば、どうなるのか情報を貰えるけれど、私は聖女であって冒険者ではない。

「狼二匹分だと移動に邪魔だよね。まだ続くでしょ、行軍訓練」

大型の四足動物二匹分は結構な量だし捌くのに時間が掛かる。今後をどうするのか、確認のためにジークへと顔を向ける。

「必要な分だけ持っていくか。残りは埋めて処分だな。死体でなにを引き寄せるか分からん」

三人で意見を出し合っていると、私たちのグループの監督者である軍の人が近寄ってきた。

「仕留めたか」

軍の人は私の側で立ち止まり、肉を見下ろした。

「はい。それでこの肉をどうしようかと……」

「狼と言わず、肉と言うのはどうかと思うぞ……いや、君たちは平民出身か？」

彼の言葉にこくりと頷く。貧民街出身であるのは隠していないけれど、大っぴらに吹聴する気はないので黙っておく。

「なるほどな。――……しかし、この森で狼とは珍しい」

なるほど、と零した声のあとは聞き取ることができなかった。

「食える肉を捨てるなんて馬鹿がすることだな。手の空いている連中で運んでおいてやるよ。報酬は分かっているな？」

にっと笑みを浮かべる軍の人。お肉を融通してくれと言いたいらしい。軍も食事は用意されているけど、街で食べるようなものは出ないだろうし。ちゃっかりしているなあと苦笑いになってしまうが、三日間で食べ切れない量である。お肉を埋めて処分するより、奪った命は別の命に繋げる方が良いだろう。彼のご厚意に甘えようと、お願いしますと頭を下げたのだった。

行軍訓練は続いている。一体どのくらいの時間、森の中をさ迷っただろう。体力のない人たちは疲れているようで、途中で休憩を挟んだりしていた。慣れない森の中、魔物や生き物に気を配りながら歩いているので当然か。

「ん？」

前が見えないほど生い茂っている草むらから抜けると、ソフィーアさまとヴァイセンベルク辺境伯令嬢さまに騎士科の女性数名、護衛の人たちと鉢合わせしたのだった。

「なんだ、貴様らか」

「あら」

ソフィーアさまと辺境伯令嬢さまは私たちの姿を視認した途端に安堵の表情を浮かべたので、私たちを魔物か獣と勘違いしていたようだ。しかしまあ護衛の人数が多い。騎士科の人が彼女たちを守るのは訓練だから当然として、私たちには軍の人が数名行動を共にしているけれど、彼女たちには軍の人が数名と正規の騎士が十名ほど付いていた。随分と大所帯だが、彼女たちは殿下と伯爵家嫡子の婚約者である。今更死なれて再び婚約者探しとなれば大変だから、警備も厳重なのだろう。

「血が付いていますわね？」

「怪我をしたのか？」

辺境伯令嬢さまが私の服に付いた血を目ざとく見つけ、ソフィーアさまも遅れて気が付いた。

「いえ。先ほど二人が倒した狼を捌いていたので、その血が服についてしまったようです」

ジークとリンに視線を向けて、二人が倒したとアピールしておく。私は狼を倒せるような魔術は扱えないから勘違いされても困る。彼女たちはお貴族さまなので、結構な魔力を有しているはず。そして幼い頃から十分な教育を受けているから、狼なら簡単に倒せそうだ。

「そうか」

「しかし、生臭いのはいただけませんわ。近くに沢がありましたから、落としてくるのも手ですわね」

お貴族さま相手なので出しゃばる訳にもいかず、私は二人の話を聞くだけに留める。

「だな。他の魔物や獣が臭いにつられる可能性もある。騎士や軍の人間が控えていても魔物が出る森だ、用心するに越したことはない」

確かに臭うかも。獣の生血だし、変なものを引き寄せてジークとリン、軍の人たちを危険に晒す訳にはいかないので彼女たちの助言を有難く頂こう。

「お気遣い感謝致します。ソフィーアさま、ヴァイセンベルクさま」

名前を呼ぶ順番にも気を付けているのだけれど、不敬になっていないよね。難しいなあ、序列を気にするお貴族さま特有のしきたりって。

「構いませんわ。同じ学び舎で共に過ごしてきたのですから、そのような畏まったものなど必要ありません。――ところで何故、わたくしだけ家名なのです？」

　辺境伯令嬢さまが言葉の最後に目をぱちくりさせた。

「セレスティア、平民の彼女が貴族の名を勝手に呼べるはずがない。私は許可を出したからな」

　ソフィーアさまが溜め息を吐きながら、私の代わりに辺境伯令嬢さまに答えてくれた。

「あら、あの娘も平民でございましょう？　この間、アレに苦言を呈していましたら話に割って入って、堂々とわたくしの名を呼びましたわよ。とても愉快でしたが」

　アレというのは婚約者の赤髪くんか。ヒロインちゃんは辺境伯令嬢さまの名を許可なく呼んだようだ。どこからともなく出てきた鉄扇が軋む音が聞こえ、口元は笑って目が笑っておらず、とても怖い。何故、森の中にまで鉄扇を常備しているのか謎だけれど、怒りを押し殺しながら辺境伯令嬢さまは言葉を続けた。

「躾が必要かしら……？」

「どちらに……いや、アレらに躾が入るのか？」

　割と酷いことを二人は言っているが、ヒロインちゃんと五人の行動を見ていれば疑うのは仕方ない。殿下も赤髪くんも、彼女たちからアクションを起こされているのに変化が見えない。特進科の中で収まっているものが、他の学科にも噂が広がり大事になるのも時間の問題だ。

「どちらにも。そして入らないのならば無理矢理にでも言い聞かせましょう……って、話が逸れていますわね。わたくしのことは家名ではなく、名で呼ぶことを許しましょう」

彼女は開いていた鉄扇を閉じて、私を確りと赤い瞳に捉えていた。

「セレスティアさま。ご厚意、ありがとうございます」

「ええ、ナイ。立場さえ弁(わきま)えていれば、こうして友好な関係を築けます。そのことに気付かせていただいた貴女には感謝致しますわ」

私の名前を憶(おぼ)えていたことに驚きながら『とんでもないことでございます』と答えて小さく礼を執る。彼女が気付いたのは本人の素直さゆえだろう。貴族ではないからと、平民をあからさまに嫌う人もいる。友好な関係を築けるなら喜ばしいことだが、滅多にお近づきにはなれないはずだ。やはり、お貴族さまと平民の間には壁がある。

「では、血を落としに行って参ります」

セレスティアさまとソフィーアさまと二人のお付きの方たちに頭を下げる。ジークとリンも私と一緒に軽く頭を下げていた。

「ええ。十分に汚れを落としていらっしゃい」

「ああ。気を付けてな」

お二人の言葉を待って沢を目指し三人で歩きだせば、彼女たちも再び森の奥へと消えて行ったのだった。

沢で血を落として暫く経つと行軍訓練が終わり、森の中の広場に戻ってきた。周囲のみんなは疲れを見せているけれど、これから夜ご飯の準備や寝床の確保などやることは沢山ある。

「とりあえず、水の確保か」

ジークが私の側で今からやるべきことを告げた。

「うん。沢がこっちに流れているはずだけれど……」

訓練の最中に、森に自生していた果物やきのこに食べられる野草もゲットしていた。学院から支給されたものは麦と塩のみで、水を確保しなければ調理もなかなか難しいものになる。味のしない麦粥(むぎがゆ)でも作ろうと三人で決めていたけれど、肉を手に入れているので少しはまともな食事にありつけそうだった。

「ナイ、俺たちは水場を探してくる。一人で平気か？」

私たちは寝床を作る場所は確保している。面倒な人は寝袋や毛布で凌(しの)ぐみたいだけれど、教会から借りてきた大きな布とロープがあるので、雨露を凌げるだけのテントを張るつもり。まだ取り掛かれていないけれど、やるべきことを終えれば作業に移る予定だ。

「うん、護衛の方たちがいるから大丈夫。このあたりの枝を拾って火起こししておくよ。二人とも気を付けてね」

火の確保は野宿において重要で、大事な仕事の一つである。

「ああ。無理はするなよ、俺たちも戻れば手伝う」

「行ってくるね」

革の水入れを腰にぶら下げているジークとリンが森の中へと消えて行った。先程教えてもらった沢の延長線にこの場所があるから、戻るまで時間は掛からないだろう。

「さて、私も枝を拾いますかね」

独り言を呟いて作業を開始する。周りの人たちも目的は似たようなもので行動を開始していた。これは早い者勝ちになるだろう。出遅れると今の場所より遠くまで足を運ばなければならなくなる。水の確保をお願いした二人に申し訳ないので、気張らなければと歩き始めた。

「勝手に遠くへ行くなよー。行くなら一言、俺たちに告げてから行けー」

担任教諭のやる気のなさそうな声が聞こえてきた。彼の言葉通り、広場からあまり離れず枝を拾いに行く。薪（たきぎ）の前に焚（た）きつけしやすい材料を集める必要があるので細い小枝を探す。油分が多く含まれているスギの枯れ葉や松ぼっくりがあれば良いけれど、この森には自生していないようだ。地面に落ちている小枝で乾いたものを選び、折って『パキッ』と音がするものが焚きつけに適しているので、いくつか折って確かめる。あとは薪となる太い枝だ。硬くて重い木は火がつきにくいけれど、一度燃えれば火持ちが良いので優先して拾う。手に枝を抱えられなくなり、何度か拠点を往復する。体がちんまくて、他の人より回数が多くなってしまうのはご愛敬（あいきょう）。地面を見ながら広場の周囲を歩いていた。

「あ」

「……」

ヒロインちゃんと殿下方ご一行とばったりと出くわす。顔を突き合わせるのは、学院で貴族の在り方を彼女に話した以来で、殿下方ともその翌日に詰め寄られて以来になる。基本的に関わらないのに、どうしてこうなってしてしまうのか。

「なにか？」

殿下とヒロインちゃんを守るように、側近候補の緑髪くんと他三人が前に出た。私の印象は地に落ち、良く思われていないようだ。目の前の方たちはヒロインちゃんを大事にしているけれど、彼らのその行動で周囲にどのような影響を与えているか考えたことはあるのか……。

「いえ、皆さまの行く手を阻んでしまい申し訳ございませんでした」

私は深く頭を下げる。彼らと鉢合わせになったのは本当に偶然だ。薪拾いのために下を向いて歩いていたことが、今の状況を招いてしまった。

「……以前は邪魔が入ってしまい伝えられませんでしたが、卑しい者が我々に近づくべきではありません」

「ああ。貴様の経歴を調べさせたが、貧民街出身だそうだな。素性も分からない者が俺たちに近づくな！」

側近の緑髪くんと恰幅の良い赤髪くんが私に詰め寄る。私が貧民街出身であること、聖女であることも隠してはいない。素性を調べたのなら、聖女を務めていると直ぐに分かりそうだけれども。軍や騎士団の人にも知られているのだが、一体誰が調査をしたのだろう。

彼らが口にした『卑しい者』にはヒロインちゃんも含まれるのだが。その言葉にはいろいろな意味があるけれど、今回の場合は『身分や社会的地位が低い』が適当なはず。良いのかな、お気に入りの子を蔑む言葉を簡単に口にしてしまうなんて。

「だね。教会で信者たちの寄付で生活しているのに身を弁えず……聖女の仕事もしているみたいだけれど、碌な成果を出してないんじゃない？」

あ、流石に知っていたか。私が聖女だと言ったのは、教会の枢機卿子息の紫髪くんだった。確かに教会宿舎の運営は信者さんの寄付で賄っている。いるけれど、全てを無償で行っておらず、食費や光熱費を寄付という形で毎月納める。私だけじゃなくジークとリン、宿舎に住んでいる人たちも同じだ。もちろん事情のある人は免除されているけれど。

最近は学院に通い始め、聖女のお勤め回数は減っていた。私がやるはずの仕事を誰かが肩代わりしているのは明らかで、他の聖女さま方や治癒を施せるシスター、そして遠征に同行する軍と騎士団の知り合いの方たちには挨拶を済ませている。

「それに魔術の授業でも貴女は術をまともに発動できていない。そんな者が聖女を務められるはずがないでしょう」

魔術師団団長子息の青髪くんだった。確かに広域殲滅魔術をぶっ放す聖女さまもいるけれど……。

『聖女』は称号であって、個々人の能力に差が出るゆえに適材適所で配置される。このあたりのことは王国と教会は黙っているので、知らなくても仕方ないのか。

一学期に初歩と基礎を教えてもらい二学期から中級編を習う普通科に進む予定だったのに、特進科に転科となったせいで、一学期から中級や上級の魔術を習う特進科の授業に追いつけていない。討伐遠征に帯同する際、攻撃に関しては他の人に任せられる側面があり、私に教えられた魔術は治癒と補助に特化していた。基礎や初歩の攻撃魔術しか使えないのが現状で、なんでもできる万能型の聖女ではない。

治癒魔術を行使できることを伝えるべきか迷ったが、反論すれば、また『卑しい者』と言われてしまいそうなので黙っておく。沈黙は金なり。良く言ったものだ。

「反論する気もおきないか……アリスに詰め寄ったことを謝っていないそうだな！」

第二王子殿下が私を睨(にら)みながら声を上げた。貴方(あなた)たちがヒロインちゃんの側にいて、彼女に近づけなかったのです。彼女の家を知らないし、家に押しかけて話すことでもない。この状況をどう切り抜けようかと考えていると、意外なところから助け船が出された。

「みんな、やめようっ！　あたしにはみんながいるけれど、彼女はクラスにお友達がいないから寂しいんだよ！　きっと！」

五人と私の間に入り、両手を広げてヒロインちゃんが叫んだ。彼女の言葉がぐさり、と私の胸に刺さる。いや、だって特進科はお貴族さまと平民二人しかいないのだから、交友関係は随分と限定される。で、唯一友人になれる可能性があった彼女は、殿下たちと仲良くなっているのだから原因の一端は彼女のような……。いや、人のせいにするのは良くないと頭を振ると『アリスは優しいな』『目の前の女とは大違いだ』とか好き勝手を言っている。早くこの状況から逃げたい……と心から願うのだった。

殿下たちとヒロインちゃんにばったりと出くわしてお小言を貰ったが、勝手に盛り上がって勝手に去って行った。去り際にヒロインちゃんが彼らに見えない角度でにやりと笑っていたので、前回の話し合いで嫌われたようだ。

「……災難だったな」

「側にいなくて、ごめんね」

水を確保して戻ってきたジークとリンは、私の話を聞いて頭を下げた。

「大丈夫。二人があんなところに出くわさなくて良かった」

私と一緒にいることでジークとリンが受けてしまうとばっちりだ。聖女として従軍している時も、お貴族さまからお小言を頂くことはあった。『こんなみすぼらしいのが聖女……』『子供になにができるのだ』とかいろいろと。他の聖女さまはぼんきゅっぼんな見目麗（みめうるわ）しい方が多く、私に向けられた言葉は正解である。わざわざ口にする必要はないけれど、お貴族さまはマウントを取りたがる人が多い。

「ああ、いたな。ほら、さっきの肉だ。受け取れ」

顔見知りの軍人さんが片手を上げてこちらへやってきた。彼の言葉から推測するに、小脇にお肉を抱えたまま周囲を暫くさ迷っていたようだ。

「ありがとうございます、助かりました」

「いや、俺たちも配給食だけじゃあ足りんからな。任務で狩りもできないから有難い」

例年より警備の人数が多いので、人手が余っていたのだろう。余裕がなければお肉を運ぶなんて申し出はなかったはずである。

「上手いヤツに捌かせたから、あとはお前たちで好きにしろ。そうだ、捌いたヤツが今度一緒になったら捌き方を教えてやると意気込んでいたぞ。食えるところを無駄にした素人の捌き方だと嘆いていたからな」

彼は布に包んでいる肉を私に渡して、片手を挙げながら去っていく。有難いことに、こうして知識が増えていく。手渡されたお肉は随分とあるので、三日間、飢(う)えることはなさそうだ。

「ん？」

抱えているお肉に違和感があったので、その場で開けてみる。

「どうした？」

「？」

ジークとリンが私の顔を覗き込む。

「お肉以外に、なにか入ってる」

三人一緒に包まれた布の中を覗き込むと、レモンが一個入っていた。お肉にかけて味変でも楽しめという気遣いと、お肉の礼も含まれているのだろう。

「律義だね」

肩を竦めながら笑うと、ジークとリンも笑う。

「火を起こして、ご飯の用意をするね」

陽が沈み始める頃合いなので、明るいうちにやれることはやっておきたい。

「なら、俺は寝床を準備しておく」

「私は？」

こてりと首を傾げたリンにジークがこっちを手伝ってくれと言っているので、調理に関わる気はないようだ。前世では自活していたから一通りの家事はできる。道具が全く違うのはいただけないけれど、もう慣れた。支給された麦と塩、持参してきた底の浅いダッチオーブンぽいもの。大きなものは移動の際に疲れてしまうので、小さめを用意していた。麦粥を三人分用意するくらいならなんとかなるし、煮る、焼く、蒸すなんでもござれ。

周囲のみんなはサバイバルに慣れている人と慣れていない人に分かれていた。寝床造りや火起こしに悪戦苦闘している人もいれば、さっくりと済ませている人に寝袋だけ用意して広場をウロウロする人もいるし、初日だからご飯抜きで過ごそうという猛者もいる。火起こししている合間に視線を向けると、それぞれの特徴がでていて面白い。

「さて、美味しいものができると良いけれど」

私が作る麦粥は塩で味付けしただけなので、期待はできないなあ。貧民街時代なら麦粥でもご馳走だったのに、この数年で美味しい物のレベルが上がっている。お肉があるので、そっちに期待だなあと横目で見ながら、沢の水を一度煮沸し粗熱がとれたら違う革の袋へと流し込む。これで飲み水の確保は完了だ。

持参していた飲み水……ワインを水で薄めたものを用意していたけれど、量を持てず現地で確保することにしていた。水場は見つけたので飲む量を考えながら消費しなくて良いし、粥に使うと味が移るので使いたくなかった。小さく鼻歌を口ずさみ、ぐつぐつと煮えてくる鍋を見つめていると、陽が随分と落ちて西の空は茜色に染まり東の空は藍色へと変化している。もう直ぐ一番星が見られるなあと西の空を見上げれば、まだ明るいようで一番星はまだ見えない。

残念と視線を鍋に戻すと、テントを張り終えたジークとリンが私の横に座り薪が燃えているところを眺める。ぱちぱちと鳴る火の音が耳に心地良い。塩と胡椒を掛けた狼のお肉を枝に刺して、地面に突き刺し火にかけてある。焼けてきたのか、少ないながらも脂が地面に滴り落ちていた。

「お肉！」

「肉だな」

「肉だね」

幼馴染三人組の中で一番騒いでいるのは私かもしれない。久方ぶりだし、美味しいものにありつくにはお金をださなきゃ無理である。砂糖類は貴重で高くお貴族さまとお金持ちの間で好まれ、庶民は甘味を滅多に口にできない。王都では、お肉の値段も高くお祝い事で食卓に並ぶくらい。牛は神事の時に捌いて振る舞われるのだが、私は聖女の仕事をこなしていることが多く中々ありつけない。それに牛や馬は耕作用として重宝され、捌かれる機会が少なかった。となれば、鳥か兎か豚が主になってくる。豚は量産がしやすくなんでも食べる上に、人の糞便も処理してくれるけれど、王都は糞便を街中にまき散らすことを禁止にしたので生育が難しくなってしまったらしい。兎は飼育するよりハンティングで得る意識が強い。鳥も捕まえて食べるのが主流。王国で畜産業が発達するのはまだまだ先で、頻繁に口にできるのはいつになるやら。牛肉が食べたいけれど、諦めるか高いお金を出すしかない。仮に牛肉を口にできたとしても、日本で食べていた和牛の味には届かないだろう。あれは品種改良され、日本人好みのものに仕立て上げたものだから。

「熱いぞ」

いつの間にか、お肉を焼くのはジークの役目になっていた。

「ありがとう、ジーク」

「兄さん、ありがとう」

　ジークは焼いたお肉をナイフで器用に切り分けて、リンと私に渡してくれる。熱いのは苦手なので少し冷ましてから口にした。独特の臭いがあるけれど食べられなくはないし、腐りかけた肉を食べた時よりも美味しい。塩と胡椒で味を誤魔化している気もするけど。

「レモン、掛けてみよう」

　くし切りにしていたレモンを一つ摑んで、適量を滴らせる。見ているだけで涎が出て、レモン汁の掛かったお肉を口に運んだ。

「どうだ？」

「掛けたら味があっさりするね。好みによるけど、私は好き」

　私の言葉を聞いて、おもむろにレモンを手に取って掛けている二人。なるほど、レモンがどんな味なのか分からなかったから躊躇して、私に聞いてきたのかと苦笑い。

「確かにあっさりするな」

「うん。面白い味」

　お試しで食べてみようと味見をしただけなので、一旦口にするのをやめる。椀型の木でできたお皿をだして麦粥をよそって、二人に渡す。

「すまない」

「ありがとう」

「味付けが塩だけだから、物足りないかも。一応食べられるようにはなってるよ」

味見はしておいたので口にできるものに仕上がったけれど、出汁が手元になかったので物足りないというのが本音。

「いただきます」

「いただきます」

「いただきます」

日本ではおなじみの挨拶を口にして手を合わせる。以前、つい口走ったことがあり、言い訳に次ぐ言い訳をして二人を納得させた。二人は神に祈りを捧げるよりもこっちの方がしっくりすると言って、食べる前に手を合わせるようになった経緯がある。

アルバトロス王国ではキリスト教のように神に祈りを捧げるのが主流だ。神に祈りを捧げない聖女ってどうなのだ、と疑問に思うけれど教会の人たちは無理強いをしない。聖女の役目を果たしていれば問題ないとのこと。孤児院で私たちが神の教えに馴染むことはなく、教会にお世話になっていながら教会信徒ではない。

「お肉美味しかった。ごちそうさまでした」

椀を膝の上に置いて、終わったことを示す。

「ごちそうさん。そりゃ良かった」

「食べたい、食べたいってナイは言っていたから。ごちそうさまです」

みんなでもう一度手を合わせる。王都で贅沢な食事と言っても野菜がメインであることが多い。

お肉が入っていることもあるけれど、がっつり量を食べることはなく、今日は本当に良い日である。

「まだ早いが、明日に備えて寝よう。リンと俺は交代で夜番だな」

騎士科は歩哨に立つことを課せられており、他の学科の生徒とは少し違っていた。

「私は？」

流石に二人だけに任せるというのも気が引ける。途中で起きて火の番でもすべきか。

「ナイがやっても意味がないだろう。騎士科じゃないし、寝て疲れを取っておけ」

「うん。明日も食料の調達をしなくちゃいけないし、ゆっくり寝てて」

ジークとリンが苦笑いを浮かべてフォローしてくれた。討伐でも聖女は優遇され夜番なんてやったことはない。二人にごめんねと頭を下げて、寝床に就く。ふと、教会はお肉を食べることを禁止してないなあと頭の片隅を過り、適当だと呆れた顔で目を閉じた。

◇◇◇

夜、王都近郊の森の中。起こした火を絶やさぬようにと、一人で火の番を担っていた。梟の鳴き声が響き、夜行性の生き物が草木を揺らす音が耳に届く。少し離れた場所で、ナイと妹のリンが静かに寝息を立てている。腕を伸ばして、音を立てないように薪を火の中へくべた。

『ジーク、ジークフリード。貴方はお兄ちゃんなのだから、ジークリンデをお願いね』

随分と遠い記憶にある母の声が蘇る。俺が七歳の頃だっただろうか。病に臥せり日を追うごとに弱る母を、俺とリンは見ていることしかできなかった。集合住宅に住む隣近所の連中に助けてほしいと願い出ても、母に手を差し伸べる者はいなかった。母を治癒院へ連れて行く方法も知らないまま、俺たちは……俺は母を見殺しにした。

母と俺たちを助けてくれるはずの父親はおらず、頼れる者もいない。親を失った子供が路頭に迷うまで時間は掛からなかった。家賃を払えないと知った大家は俺とリンを追い出し、俺は母の言いつけ通り妹の手を握って王都の街を歩き回る。腹が減り、店の主に物乞いをしてもタダで譲ってもらえることはない。金を持っていなければ、白い目で見られ追い払われる。止むを得ずこっそり盗もうとすれば直ぐにバレ、遠慮のない一発を頬にぶち込まれた。

正直、なにもしようとしない妹は俺にとって邪魔でしかなかった。殴られた俺に『兄さん、大丈夫？』と涙目になって隣にいるだけの妹が重荷だった。それでも妹を見放すことはできず、兄としてリンの手を握り何時間も街をさ迷った末に辿り着いた先は貧民街。

街と貧民が住む場所との空気が違うと感じ取り、少し怯えながら王都の街と貧民街を繋ぐただ一つの道を歩いていればふいに声を掛けられた。

『他所者がここにくるなよ』

不機嫌な顔を引っ提げて、俺たち兄妹に言葉を投げた。歳は俺たちと同じ七歳くらいだろうか。男三人組。全員痩せた身体に顔も服も汚れて、正直近寄ってほしくなかった。

『………』

俺たちに言葉を投げた少年を黙って睨みつけるのが精一杯だった。助けてくれる奴なんていない。これからどうすれば良いのかも分からない。妹の面倒をみられるのかも分からない。母のように見捨てるかもしれない。俺自身でさえどうなるのか分からず不安だけが募っていく。

『なんだよ、だんまりか。俺らの場所に居付くんじゃねえぞ』

ここにも俺たちの居場所はないのか。この場から去ろうとする三人の背を見ながら下唇を噛み、理不尽だと嘆く心に火が付いた。

『うるさい！　ここがお前らの場所だなんて、どう証明するんだ！』

大きな声を出したのはいつ振りだろう。俺の声に振り返ってリーダー格の少年が、口元を伸ばして握り拳を作っていた。

『あ？』

互いに余裕がなく歳も近かったせいか、手が出るのは当然だった。相手の連れ二人は頭を抱え、妹はどうすれば良いのか分からずオロオロと俺たちを見ているだけだった。痩せた子供の拳が俺の顔面に食い込み、俺の拳も相手の腹に食い込む。『ぐ！』と漏れる声が届き、もう一発と反対の拳を相手の腹を目掛けて打ち込む。頭に血が上っているせいか痛みも感じず暫く殴り合いの喧嘩を続けていると、誰かがやってきた。

『元気だねえ。けど、そろそろ止めようよ。これ以上喧嘩しても意味ないよ』

甲高い声が上がると、相手の拳が止まって空気が弛緩した。

『ナイ……止めるなよ』

喧嘩相手が声の主を見て『ナイ』と呼び、何故と不思議に思いながら声の主を見れば、いつの間にかリンの手を握って少女は立っていた。聞き慣れない妙な名前で、歳は俺よりいくつか下だろう。黒髪黒目の小柄な奴だった。

『動くとお腹空くよ。今日のご飯は手に入れているけれど、量は少ないからね』

ナイと呼ばれた少女は肩を竦めて笑う。残り二人の少年も、いつの間にか彼女の側に寄って立っていた。

『む』

少年の上がっていた腕がだらんと下がり、彼女のお陰で喧嘩は収まった。この出来事が、貧民街で長く時間を共にする仲間との出会いだった。

その日暮らしの生活が始まり、帰る場所がない俺たち兄妹は子供同士で徒党を組んでいる奴らと一緒に過ごしていた。変化が訪れたのは彼らと出会って三年後。貧民街に訪れた兵士が名指しでナイを出せと、貧民街に住む人間に圧力を掛けた時だ。彼女の名前を呼んだ訳ではないが『黒髪黒目』と限定されると、貧民街、いや王都の街では彼女しかいない。兵士からは逃れられないと、ナイは小さく笑いながらその身を差し出した。彼女がいなくなって直ぐ、俺たちは飯を手に入れることが困難になった。

以前はナイが店の人間と交渉して食料を手に入れていた。その時の彼女は王都の人間に対して、かなり気を使った丁寧な態度を取っており、時折に食料の対価として簡単な仕事を手伝うこともあった。彼女の真似をして同じようにやろうとしても、なかなか上手くいかない。リンともう一人はナイがいなくなったことで気落ちし、そんな二人を見て俺と殴り合いを披露した奴は虚勢を張っていた。俺も俺で状況を打開しなければと、芳しくない頭を働かせていたがなにも思い浮かばない。貧民街の大人は、ナイを失った俺たちを見てせせら笑っていた。リーダー的存在がいなくなって一週間、戻ってくるはずのない彼女が姿を現した。

『ジーク、リン！　みんな！』

肩で息をしているナイは両手に食べ物を抱え俺たちに駆け寄り、渡す物を渡して直ぐに戻って行った。そうして何度か同じことを繰り返し、教会騎士が彼女を連れ戻すために追いかけてきた。脱走したナイを連れ戻しにきた連中のアタリが悪ければ、乱暴に扱われながら『またくるから！』と言い残して去って行く。

――戻ってこいよ。

別れ際、ナイに告げた言葉が頭を過る。俺の考えもなく言った言葉を彼女は覚えていて、食い物を抱え貧民街に何度も顔を出してくれた。本当なら俺たちなんて放って、新しい生活に慣れなければいけないのに。そうこうするうちに、俺とリンと仲間の二人をハイゼンベルグ公爵家が雇っている騎士が迎えにきた。その時に初めて公爵閣下と顔合わせをし、俺たちが保護された理由を知る。

『ナイが貧民街からお前たちを救い出してほしいと願い、ワシはその願いを叶えることにした。だが、無償で救う訳ではない。この意味はお前たち自身で確りと考えろ』

俺たちを見定めるような視線を向けた閣下は、端的に言い終えそそくさと去って行く。なんて不愛想な爺さんだと仲間内で話していると、閣下と入れ替わりでナイが現れ久方振りの再会に喜びながら、教会が運営する孤児院へ放り込まれた。安心して眠れる寝床と温かい食べ物が毎日欠かさず出る環境は俺たちにとって天国だった。食糧を奪われることもなく、雨も風も凌げ、寝込みを襲われる心配もしなくて良い上にベッドまである。

住環境が改善されたことを仲間内で喜んでいると、毎日ナイだけが孤児院から教会に赴き、俺たちとは別行動を取っていた。気になって孤児院のシスターや職員に問えば、ナイは聖女の座を得るために聖女候補として学んでおり、将来が楽しみなのだそうだ。魔力量が多くアルバトロスを護る障壁展開維持に貢献することができる上に、治癒魔術の適正もある。聖女になれば、治癒院の参加に魔物の討伐遠征、王城での魔力補填が担えると嬉しそうに語っていた。筆頭聖女の異能で見つけ出されたことも、周囲の期待に拍車を掛けているらしい。

期待ゆえにナイは朝早くから教会に赴き、夜遅く戻ってくる。食事も教会で済ませ、孤児院には寝に戻っているだけ。眠い、お腹空いたとよく零しているが、ただそれだけだ。俺たちに苦労しているところや困っているところを見せることはない。

周りの大人たちは彼女に期待する者、孤児が筆頭聖女の座に就くことはないのに努力するだけ無駄と蔑む者、無知なまま政治の道具として使い潰されれば良いと言い放つ者まで……。ナイがくだらない大人の言葉に屈することはないが、純粋な力には簡単に負けてしまう。小柄で力が弱く重労働を苦手としていたから、俺とリンと仲間が補助していた。だがナイは側にいながら、俺たちの手が届かない場所へ行ってしまった。

彼女に頼るだけでは駄目だと感じ、どうすれば良いのかと悩み始めたのは孤児院に放り込まれて一ヶ月が経った頃。

『いつまでもナイに頼っていられねえ！』

突然大声を上げたのは初対面で俺を殴った仲間だった。孤児院の小さな庭で声を荒げ、ナイが聖女になることを止められないなら、俺たちにできることはなにかと問いかけた。

『ちゃんと自力で稼いで、死んだ奴らの分まで生きる！　全員がよぼよぼの爺さんと婆さんになるまでな！』

なにも持ち得ない俺たちがナイを支えるには時間が掛かってしまうが、それぞれの道を進もうと決意した。リンと気の弱い仲間は答えを出すことに少し時間が掛かったが、きちんと進むべき道を見つけた。一人は商家で働き、一人は孤児院で、俺とリンはナイの側で教会騎士として仕えると。四人で互いの拳を合わせる。四本の腕が視界に映り、いつもと違いナイの細い腕がないことに違和感を覚えながら考えた。

運悪く死んでしまい一生会えなくなった奴もいる……俺とリンが死なずに生きているのは、一緒に徒党を組んでいた仲間の助けがあったから。今の場所にいられるのは、聖女になると決めたナイと公爵閣下の恩情があったからだ。

――ぱちん、と火が爆ぜる。

気配を感じて、過去から意識が戻る。後ろを確認しようか迷った末に、焚き火を見つめたまま気配の主がこちらにくるのを待つことにした。

「兄さん」

焚火の前で地面に腰を下ろしている俺の隣に、リンが長い髪を纏めながら立った。顔に感情を出さぬまま俺を見下ろして小さく口を開く。

「寝なくて良いの？」

「ああ。まだ暫く火の番をしておく。リンは立ち番だろう、遅れるぞ」

騎士としておあつらえ向きに、睡眠時間が短くとも苦ではない。リンも同じ性分のようで、一日に四時間ほど眠れば支障なく行動できる。ナイは俺たちとは逆で、十分に睡眠を取らなければ辛そうにしていることが多々あった。魔術に詳しい者から聞いた話では、消費した魔力の回復を早めるために身体が眠るように働いているのだとか。確かに城の魔術陣に魔力補塡をした際は眠そうにしている。

「行ってくる。ナイのことお願い」

ナイが聖女を務めていると知る学院の生徒は極一部だが、気を抜かない方が良いだろう。くだらぬことを考える奴は腐るほどいて、妬みや嫉妬から普通では考えられない行動を取る者がいてもおかしくはなく、そんな無法者からナイを守れと公爵閣下と教会から告げられている。

「分かっているさ。気を付けてな」

「ん」

淡白なやり取りを終わらせ、リンは持ち場を目指して歩いて行く。小さくなっていく妹の背を見送り後ろで眠るナイを見る。掛け布が動いて寝返りを打ったナイの細い腕が伸び、隣の布を何度か叩くと手が止まって、むくりと起き上がり周りをきょろきょろと見渡した。

寝ぼけて状況を理解していない彼女に目を細めた俺は、静かに立ちあがりナイの側へと歩を進める。宿舎や遠征の天幕で寝ている彼女の側に男が近づくのは憚(はばか)られるが、今は野外で周囲には警備を担っている軍人や騎士の目があるから問題ない。

「…………リン？」

地面に片膝を付いて、覚醒しきらないまま声を上げた彼女に視線を向け、ゆっくりと口を開いた。

「ナイ」

「ジーク」

定まっていなかった視点が合う。彼女が眠りに就いてから数時間、左耳後ろの黒髪が一房跳ねていた。

「リンは立ち番に行った。朝まで時間はある。まだ寝ていても大丈夫だぞ」

静かに落ち着いた口調で声にしながら彼女の寝癖に手を伸ばそうとして、止めた。彼女には聖女の立場があり、俺には騎士の立場がある。同性であればなんの気なしに触れられただろうが、俺たちは男と女なのだから無暗に触れるべきではない。

「そっか。ジークは寝ないの？」

「眠くなくてな。俺はまだ暫く火の番をしておくから、ナイは気にせず寝ていれば良い」

「ううん、起きる。リンが戻るまでジークの横にいて良い？」

ナイは目を擦りながら、俺から視線を外してどこか遠くを見る。その先はリンがいる場所だろうか。ナイは完全に覚醒しておらず思考が鈍い。普段であれば己の立場を弁えて、今のような発言はしないのに。年相応の姿に少しだけ笑いが込み上げた。

彼女は年齢の割に随分と確りして大人顔負けの態度を取る。だが俺たちの前でだけ気を抜いた姿を見せてくれ、口を開けて笑うし、冗談を言う。些細なことだがソレが嬉しかった。

「起きたらまた森の中を散策するんだ。従軍で慣れているかもしれないが、疲れはなるべく取っておけ」

「…………そうする。おやすみ」

なにか言いたげだったナイが一瞬口を結び、直ぐ言葉を口にした。先ほどの不用意な発言に気が付いて、頭の中でいろいろ考え込んだのだろう。

「ああ、おやすみ」

俺がこの場に居続けるのは不味いと立ち上がって背を向ければ『ありがとう、ジーク』と微かにナイの声が耳に届き、掛け布が擦れる音がした。礼を言わねばならないのは俺たちだ。貧民街で最底辺の暮らしを余儀なくされていた俺たちの生きる場所を、公爵閣下との交渉の末にナイが勝ち取ってくれたのだから。ナイが閣下との交渉の際に差し出したものは分からない。ただ、持ち得るものがない貧民街の子供が貴族の、しかも公爵位を持つ人間に差し出せるものなど限られている。聖女としてアルバトロス王国に尽くすと、己が未来を差し出したのだろう。

「気があるのか、か……」

焚き火の前に戻って、独り言を呟いた。少し前、ナイと懇意にしている軍の隊長に問われた言葉だった。年頃の男が幼馴染の女に付き従うのは珍しく、気でもなければできないだろう、と。

ピンクブロンドの特進科女子から告白を受けた際、俺の感情が動くことはなく異様に不快なだけだった。女子生徒との仲介を担ったクラスメイトに羨ましがられたが、告白を受けた直後に公爵閣下と教会へ報告と根回しが必要になり面倒な気持ちの方が強かった。

俺が告白を受けたことをナイには知らせていない。知らなくて良いし、リンが死ぬことを望んでいたと知れば、ナイは怒るどころか大量の魔力を撒き散らしながら喧嘩を売りに行く。特進科の女は第二王子のお気に入りと聞いているから、無用なことを起こす訳にはいかない。閣下と教会からも殿下らの行動を注視しておけと下命されている。大人たちが裏でなにを考えているのかは知らないが、なにか事情があるようだった。

――まさか。

隊長から問われた時、ゆっくり首を横に振りながらあり得ないと返事をした。ナイは命の恩人で大切な仲間だ。聖女と騎士だから主従関係でもある。邪な気持ちを抱いてはならないし、教会宿舎で過ごす穏やかな時間が何物にも代えられない大事なものだ。ナイも妹も、三人で過ごす時間を尊く感じているはず。

三年後、成人を迎えればお互い伴侶を見つけることになるだろう。ナイの横に俺たち以外の誰かが立つことが信じられないし、俺の横に知らない女が立っているのも信じられないが。ただ、彼女が認めた男なら、俺が口を出す権利はない。……俺は、ナイの横に知らぬ男が立つことを許せるだろうか。ギリと歯嚙みしていることに気付き、片手で口を押さえる。どうして俺は歯嚙みをしていたのだろう。今まで感じたことのない言い知れぬものを胸に抱き、息を軽く吸って顔を上げひときわ大きな星二つを見る。

「星が綺麗だ」

ぼそりと小さく呟いて息を吐いても、胸に抱えたものが消えることはない。……――今はまだ。

未知の感情に蓋をして、進むべき道を仲間と共に歩むだけ。

早朝。肌寒さで目が覚めて、寝床から起き上がる。

「腰、痛い」

寝床があるだけマシだけれど、痛いものは痛い。欠伸をしながら手を上に伸ばし、固まった筋をほぐしてから立ち上がった。ジークとリンは起きているようで、寝床には誰もいない。ぼさぼさになっている髪を手櫛で直しながら、二人がいる方へと足を進める。

「おはよう」

目が完全に開いていないのを自覚しながら、ジークとリンに声を掛けた。

「ああ、おはようナイ」

「ナイ、おはよう」

「……ごめん、遅くなった」

王国に住む平民は、陽が昇ると同時に活動を始めるのが基本だ。夜に煌々と明かりを灯せるのはお金持ちやお貴族さまの特権であり、それ以外の人は暗くなる前に一日に行うべき仕事を済ませて、後は寝るだけ。平民に子供がぽんぽん生まれて大家族になってしまう原因はこのあたりだろう。ヤることないものね、そりゃそっちに流れる。ただ赤子の生存率が低くて人口が爆発的に増えることはなく、農村部では労働力入手のためにあえて産み育てている節もある。

既に作業を開始していた二人は、小脇に薪を抱えていた。一度火を消してしまうと手間なので、夜番の間絶やさずにいたのだろう。軍や騎士団の人たちも周囲を警戒しつつ、自分たちの食事にありつくようだった。

「朝ご飯どうしよう？」

薪拾いは二人が済ませてくれたのだから、食事くらいは私が用意すべきだろう。材料がなく制限があるので、美味しいものはなかなか作れないけれど。

「昨日、ウロウロしていた時に採ったもので良いんじゃないか？」

「うん」

二人の言葉にこくりと頷いて、袋を取り出す。昨日、木の実や果物を採っておいたから、簡単に済ませよう。狩りで得た狼の肉で干し肉を作りたいけれど、道具もない上に時期があまりよろしくない。諦めるかと、ナイフを手に取り果物を切り分けていき、簡単に朝食を済ませた。

二日目になると一日目の疲れが出ているのか能動的な人は少なく、お貴族さまたちは動くことを躊躇っている。動けば喉が渇いてお腹が空くと学んだのだろう。あと一泊あるのに、そんな調子で大丈夫なのだろうか。

二日目にやるべきことは指定されていないし、各々自由に過ごしているようなので私も適当に過ごせば良いだろう。とりあえずお手洗いを済ませようと、茂みの中へ足を運ぶ途中だった。

「また、狼か？」

「ああ。よく出るな……それに小物ばかりだが、魔物を処理する回数が昨日より増えていると聞いた」

狼の死骸を前にしながら軍の人たちが言葉を漏らしていたのだった。茂みの中へと進み、お手洗いを済ませて野営地の広場へ戻ると状況が変わっていた。

――何故、こんなことに……。

何故か特進科のみんなが集まり行動を共にすることになったのだ。原因はヒロインちゃんの一声で決定したそうだ。

『せっかくだから親睦を深めよう！』

ヒロインちゃんが殿下たちに進言すれば、彼らが彼女の願いを叶えるのは当然で。言葉にすれば良いだけだから、赤子の手をひねるより簡単である。何故という疑問を抱えつつ、巻き込まれるのは勘弁してくださいと心の中で口にする。

特進科生徒二十名と騎士科と魔術科の護衛役が三十名に、本職の護衛である軍と騎士の人たちが……数えるのが面倒なくらい大所帯になっていた。只今、拠点である広場を離れて森の中を探索中。

先陣を切るのは言い出しっぺのヒロインちゃんと殿下方の計六人。少し後ろにソフィーアさまとセレスティアさま特進科の女性たち。女性陣の左右に特進科の残りの男子が歩いていた。殿下の周りは騎士の方々が固め、その外縁部を軍の人たちが守っている。で、私は一番後ろをぽつんと歩いていた。周りに護衛の人たちがいるけれど、仲の良い特進科の人たちがいないという意味で一人だ。入学してから一ヶ月の間で当たり前となってしまったが。

「……なんだろう、空気が重いような?」

ああ、そうか。目の前で見えない火花を散らしている彼らの感情でも移ってしまったのだろう。セレスティアさまは鉄扇を広げたり閉じたりして忙しないし、他のご令嬢たちも気が気でない様子。ソフィーアさまは無言で前を向いて歩いているので、感情が読み取れない。随分と距離を詰めている殿下方とヒロインちゃんを見て、参ったなあと目を細めて小さく頭を振る。

「どうした、ナイ?」

「?」

一日目と同じように、ジークとリンが一緒になっていた。

「ん、なんだか天気が悪くなっているなあって」

二人には前方の光景に頭を悩ませていたとは言えず、空を見上げた。晴れていた朝の時間よりも空はどんよりとしており、木々の葉の間から零れる陽の光も弱かった。

「ああ、確かに。……せめて明日まで持ってくれれば良いが」

「兄さん、多分持たない」

顔を上げすんすんと鼻を鳴らすリンはなにかを感じ取ったのだろう。こういう勘はリンが一番的確で外れることが少ない。

「雨具、用意しておいて良かったね」

天気予報のない世界だから空を見上げてなんとなく予想するか、ことわざ的なモノを当てにしている。念のため、雨具を荷物の中に忍ばせているけれど、降らない方が良いのでお天道(てんと)さまには頑張ってほしいところ。

「ん？」

半歩前を歩いていたジークが立ち止まり、私もリンも歩くのを止めた。

「ジーク？」

「前が止まったな。なにをしている……？」

「魔物が出たみたいだね」

ジークの疑問にリンが答えた。どうやら前を行く殿下たちが魔物と遭遇したようだ。彼らを危険に晒(さら)す訳はなく、先行部隊が魔物を選別し数が多ければ減らすだろう。心配する必要はないし、私たちは最後方で前の様子を呑気(のんき)に窺(うかが)うだけだった。

「アリスには指一本触れさせん！」

「ヘルベルトさま、気を付けてっ！」

風に乗って声が聞こえてくる。盛り上がっている最前列の人たちと、後ろにいる人たちの温度差が激しい。ここ最近、常態化している光景だけれど、あと三年弱耐えなきゃならないのだろうか。

「アリス、下がって」

「ああ、怪我をしたら大変だ」

「大丈夫、僕たちが付いていますからね」

「うん、こんな雑魚に僕たちは負けないよ」

緑、赤、青、紫髪くんの順に、各々声を張っていた。

「みんなも気を付けて！」

ヒロインちゃんは五人を心配そうに見ながら声を出している。彼らが対峙しているのはゴブリンだ。数は五匹と少なく、武芸の嗜みがあれば楽に倒せる。ゴブリンの厄介なところは、巣を作り繁殖して数が増えること。近隣の村や町の農作物に被害が出るし、知恵が回り稀に人攫いもするので、数が増えてしまうと相手にするのが大変な魔物である。

「大丈夫かな？」

私はジークとリンに質問を投げてみる。王都で暮らすお貴族さま、どころか王子さまである。魔物と対峙したことはないだろうから、ちょっと心配。

「一通りの教育を受けている貴族さまだ。あとは斬れるか斬れないか、だろうな」

「斬ったことがないなら、躊躇するかも」

相手が人間じゃないだけマシだが、魔物は生き物だ。斬れば血が出るし叫び声も上げ、痛がりのたうち回る。凄惨な光景に耐えられるなら問題ないけれど、精神的に駄目になって魔物を斬れなくなる人もいると聞く。男の子も大変だ。度胸試しの一環で、周りには女の子がいるし良いところを見せたいだろうから表面上は取り繕うだろうなあ。

私たちが余裕をこいているのは、既に経験しているから。初めての魔物討伐、いわゆる初陣の時なんてビビりまくりだったし、なんなら漏らしそうな目にあったこともある。

ヒロインちゃんの前に殿下が立つと、護衛の人たちに緊張が走り空気が強張る。殿下は周囲の様子に気付かないまま、ゴブリンと相対して細身の剣を構えた。殿下が握る剣には豪華な装飾が施されており、売り払えば凄く高く売れそうだ。貧乏人の考えだなと苦笑いで前を見ていると、それぞれの得意分野でゴブリンを一人一体ずつ倒した。中身がぶちまけられて、生臭さと糞尿の臭いがこちらまで届く。臭いに当てられて吐いている人、気丈に振る舞いながら気分が優れない人たちを鼓舞している人。こればっかりは場数を踏んで慣れないといけないから、弱いところを見せている人たちを笑うことはしない。

「倒せたな」

「だね。進むかな？」

ジークが小さな声で呟き、彼の声に私が答えた。

「死体処理があるから、暫くこの場で待機だろう」

死体をそのままにすると獣や魔物が寄ってきて危ないので大事な作業だ。殿下たちの度胸試しは終わったから、次は彼らの後ろを行く女性陣になるのだろうか。暫く待っているとようやく前へと進み始める。殿下たちに怪我がなくて良かったと胸を撫で下ろしたその時。

「――敵襲、敵襲だ！　逃げろぉおおお！」

私たちがいる場所よりも奥から、軍の人たちが叫びながらこちらへ走ってくる。彼らの叫び声と同時に咆哮があがった。姿は見えないけれど、随分と腹の底に響く大きな鳴き声。状況を摑めないまま動揺が走り、場が騒然となる。みんな突然の事態にきょろきょろと忙しなく周りを見ながら、なにをすれば良いのか判断ができていない。そんな中、森の奥から戻ってきた人たちの言葉にいち早く反応したのは、急な事態に慣れている軍人や騎士の方たちだった。

「総員抜刀！　生徒たちの前に出ろ。まだ状況が分からん、慎重に対処せよ！」

殿下やソフィーアさまたちの前に立って、一人の騎士が叫ぶ。他の騎士よりも装飾が派手なので、彼が現場指揮官なのだろう。

「殿下方を守りきれ！」

騎士や軍人は腰に佩いていた剣を抜き、魔術師は詠唱体勢に入る。逃げるべきなのかこの場に留まるべきなのか判断のつかない学院生は戸惑っていた。その中で一番に行動へ移したのは、あの二人である。

「ヘルベルト殿下、お下がりください！」

騎士や軍の人を前にして、殿下を庇うように立つソフィーアさま。

「し、しかし……！」

ヒロインちゃんを庇いつつ、状況に戸惑っている殿下は彼女の言葉に従うか迷っている。

「殿下、ソフィーアさんの言う通りですわ。貴方は総大将。後ろでどっしりと構えて、わたくしたちに命じれば良いのです！」

開いた鉄扇を閉じながら高らかに宣言するセレスティアさまは、ソフィーアさまの横に立つ。二人は普段罵り合っているけれど、緊急時には息が合うようだった。

「……っ、アリス。ここは危ない、下がろう」

「え、でもっ！」

殿下が優しい声音でヒロインちゃんに言葉を掛けると、魔術師団団長子息の青髪くんと近衛騎士団団長子息の赤髪くんが二人の前に立つ。

「ええ、アリスは殿下と一緒に下がってください」

「ああ、俺たちに任せろ……必ず守ってみせる。ユルゲンとヨアヒムは殿下とアリスを頼む」

殿下とヒロインちゃんに下がれと告げ、戦闘力の乏しい緑髪くんと紫髪くんに彼らを預けた。

「……分かりました、気を付けてくださいね」

「……」

赤髪くんの言葉に緊張した面持ちで頷いた緑髪くんと紫髪くんは、殿下と一言二言交わしてこちらへと下がってきた。

「くる」

リンが小さく呟いたと同時、ゴブリンの群れがこちらに走ってきた。

「近づけさせるな。第一小隊、進めぇ！」

切り込み役の騎士六人が魔物の群れへ走って突っ込んで行く。だがゴブリンは彼らを無視し、我先にこの場から去ろうとしていた。護衛の人たちはその素早さに追いつけず、群れの塊を散らすだけ。そうしてゴブリンたちが男子生徒の一団まで走って行くと、震えながら剣を持つ少年が歯をカチカチと鳴らし……。

「あああああっ！　くるな！　くるなぁぁああああっ！」

叫んだ。恐怖で剣を振り回す少年を軍の一人が庇い、迫るゴブリンの首を剣で一閃した。斬られたゴブリンは地面に倒れ込んで暫くもがき苦しみながらこと切れる。群れで行動するゴブリンは知恵が回り、波状攻撃を仕掛けたり人間の武器を鹵獲し使ったりと、割と狡猾な手段を用いる。そんなヤツらが怯えた様子を見せながら、こちらに走ってくるなんて。しかも敵である人間を標的と定めていない。なにか……おかしい。

「……変だよね」

「ああ、気を付けた方が良い」

ジークと話をしながら、体内の魔力を活性化させると私の髪がふわりと揺れる。騎士団と軍の人たちは逃げ惑うゴブリンに難儀しつつ確実に数を減らしていた。

「ゴブリン共は怯え、我々を標的としていない！　逃げるゴブリンは捨て置け！　殿下方と生徒の安全を優先させろ！」

「はっ！」

指揮官の声に部下が答え、軍の人たちも機能していることが分かる。戦闘が終わったら私の出番かな。怪我を負った人たちの治療をすべきだと周囲を見ていると、また空気が変わる。

「なっ、今度は狼だと⁉」

「何故、狼が！　っなんだ、この数は！」

軍や騎士団の方たちが、森の奥から現れた新たな敵に戸惑っている。狼は魔物ではないが図体が大きい上に足が速く、鋭い牙で噛まれて力任せに首を振られたら、人間はひとたまりもない。なにより、数が多かった。

「日頃の訓練を思い出せ！　狼ごときに我々が後れを取るはずがない、焦らず落ち着いて対処していけっ！」

指揮官の方が叫んだ。想定外の獣の出現に怯む様子が見受けられたが、現場に慣れているのか護衛の方たちの立ち直りは早かった。

「狼は俺たちを完全に敵として捉えているな……」

「……ああ。……なにかいつもと様子が違う」

騎士の方たちが言葉を交わしている。数メートル先で狙いを定めている狼の群れに、一行は息を呑みつつ出方を窺う。互いに動かず、状況が止まってしまった。どうなってしまうのか予想がつかず睨み合ったまま、しばし……森の奥からゆっくりと異形が姿を現した。

「なっ！　うそ、だろ……」

「馬鹿な……なんで、なんでこの森に!!」

勇敢に学院生を守りながら戦っていた騎士や軍の人たちから漏れる声は、驚きと恐怖。そして私も彼らと同じ気持ちとなる。——ああ、なんでこんなことに。

「フェンリルだ！」

「フェンリルが出たっ！」

王都に近い森で、魔物ではなく魔獣と呼ばれるフェンリルが出るなんて。一体誰が予想できただろうか。そしてこの時、ヒロインちゃんが喜色に溢れていたことなど、全く知らない私たちだった。

魔物ではなく魔獣の出現により森の中は混乱を極めた。恐怖に怯える学院生たちを騎士や軍の人たちが必死に宥めて、後ろへ逃げるように指示しているが上手くいかない。原因は怯えて動けなくなった人と、闘おうとする人たちが入り交じっているから。もう一つが貴族の子女が通う学院らしい理由で、家格次第では不敬に問われてしまうため、騎士や軍の人たちは学院生に行動を強制でき

ず難儀していた。彼らが逃げないなら場に留まってフェンリルや獣を倒さなければならない。

「何故、襲ってこない？」

指揮官は圧倒的強者であるフェンリルに疑問を浮かべている。フェンリルは私たち一団を威嚇しつつも、手を出してこない。

「ナイ、見ろ。足元だ」

ジークの言葉に従って視線を動かすと、フェンリルは前脚に酷い怪我を負っていた。痛みで半狂乱になり、眷属である狼にも影響を与えているのだろうか。

「……」

手負いのせいで動きが鈍いのなら有難いことだが、目の前の魔獣の脅威は変わらないし、眷属である狼の数が多すぎる。息を呑むとリンが一歩前に進み出て、ジークと私を見て笑う。

「ナイ、兄さん。大丈夫だよ、三人一緒なら……絶対に」

「うん」

リンの言葉に頷いた。そう、きっと大丈夫。ジークとリンと一緒に、苦難を乗り越えてきたのだから。失ったものもあるけれど、手に入れたものや守りたいものがある。幼い頃の無力だった私たちではない。

「総員に告ぐ！　非常事態だ！　魔術師は森への被害は無視して構わん、得意な魔術を畜生共にくれてやれっ！　騎士や軍の者は一人で行動するな！　必ず二人以上でかかれ！　相手がどんな行動をとるか分からん、隙を見せるな、互いに協力し合え！」

指揮官が叫んだ言葉に騎士の人たちが『応！』と答え、狼を避けフェンリルへと突っ込んでいき、魔術師の方たちが援護射撃を始めたが効果が見られない。怪我を負っていない前脚で軽く払いのけられて、何人もが数メートル吹っ飛び苦悶の声を上げ、魔術師の方たちは放った魔術がフェンリルに全く効いていないことに呆けた顔を浮かべる。

「――〝汝ら、陽の唄を聴け〟」

地面で痛みに耐えている人たちに治癒魔術を施した。気持ち程度だが痛みは和らいでいるはず。この緊迫した状況で見ているだけなんてあり得ない。全員を守ることは難しいが、限定的な支援でも少しは有利に働くだろう。

「ふう」

大きく息を吐く。体内に魔力を巡らせると、ゆらゆらと髪が揺れた。

「ジーク、リン」

「ああ」

「うん」

私は魔術を行使できるけれど、防御と補助に治癒といった後衛向きのものしか使えない。それでもできること、やるべきことはある。

「引き付けるよ、派手にいこう」

特進科の人たちも守らないといけないので、二人に前衛を任せるしかない。三人確り視線を合わせて頷いた直後。

「……っ！」

「っ！」

ジークとリンは踵に力を入れ、そこから足先へ力を伝えて走り出す。その加速は人のものとは思えないほどに速かった。

——全ての生き物に魔力は宿る。

そう、大なり小なり生き物全てに魔力が宿っている。体内に眠っている魔力を呼び起こすことが第一段階。己の魔力を自らの意思で体内から外へと出すのが第二段階で、魔術行使の鍵となる。

公爵さまに願い出て、仲間が保護され落ち着いた頃に魔力測定を行った。結果はジークとリンには平均より多く魔力が宿っていた。でも、体質的に魔力を外に放出することができない。魔力を体外に放出できない人には顕著に現れる特徴がある。魔術が使える人たちよりも肉体が強いと言えば良いだろうか。だから騎士団や軍に所属する人たちは、魔術が使えない代わりに運動能力が高く力が強い。ジークとリンが同年代の男女より背が高いのは、それも関係しているのだろう。魔術を使うことはできないけれど、腕っぷしに関してはかなりの使い手。攻撃系の強力な魔術が使えない私は二人を頼る。

「——〝吹け、一陣の風〟」

両手を前に出して起動詠唱を兼ねた基礎魔術を行使すると、背中から風が吹き髪を激しく揺らす。

――一歩。

「――〝かの者たちの追い風となれ〟」

段階を踏んで、次となる中級の補助魔術を発動。先を行くジークとリンの走る速度が更に上がる。

――また一歩。

「な⁉」

「おいっ！　どうして前に出てきた、邪魔だ！」

騎士団や軍の方たちはジークとリンが生徒の一団から飛び出たことに驚きながら、二人の行動を咎める声を上げた。

「いや、待てっ！　赤髪の双子……黒髪聖女の双璧か⁉」

教会騎士の装いではないし、殿下たちの護衛を担っていて余裕がなかったのだろう。ようやく騎士の人たちが、ジークとリンの正体を理解してくれたようだ。――もの凄く恥ずかしいけれど！

魔物討伐で一緒になった人たちの中には、軍の人だけじゃなく騎士の人もいる。

黒髪黒目の聖女はアルバトロス王国王都の教会では私しかいないし、チビである。二人は大人より背が高い。魔物討伐の時は私の側を離れず、付き従ってくれていた。私の身に危険が迫れば、その脅威をさっさと片付けてしまうし、軍と騎士団の人たちが手古摺る相手も難なく倒すことができ、いつの間にか騎士団と軍の間で二つ名が付けられていた。黒髪聖女の双璧……と。私が呼ばれている訳じゃないけれど、何故か凄く恥ずかしい。なんの捻(ひね)りもないし、どうして微妙な二つ名がジークとリンに付いてしまったのか。二人はまんざらでもなさそうで、私だけが恥ずかしいのは理不尽な気がする。

「リンっ！」

「兄さん」

一番前に飛び出した二人は狼の群れを無視して一直線にフェンリルへ向かったけれど、巨体ゆえに急所には届かない。ジークがリンより前に出てしゃがみ込むと、遅れて走る彼女が彼の背中に思いっきり片足を乗せた。――私はゆっくりと前へと進む。

「行けっ、リン！」

ジークが声を上げると同時に私は魔力を放出する。

「――〝吹け、吹け、吹け〟」

魔術が途切れないように、リンとジークの助けになるようにと、また術を発動させた。リンがジークの背に足を掛けたと同時に彼が勢いよく立ち上がり、その勢いを利用してリンが異常な高さまで飛びフェンリルの顔の位置にまで差し迫る。

「はぁぁぁぁっ！」

フェンリルが目の前に迫るリンの剣を避けようとして、できなかった。怪我を負っていた前脚にジークが剣を突き立てたことで動きが止まり、目を狙っていたリンの剣が掠(かす)る。目から血を流しながら、痛みのせいで大きな口を開けたフェンリルが絶叫する。――また前へ。

「ぐあっ！」

「なんだ、これは！」

「耳が……痛い……！」

最前にいる人たちが耳を押さえながら咆哮に耐えている。……これは。

「――〝母の腕の中で眠れ〟」

やはり人前で詠唱しながら魔術を行使するのは恥ずかしい。無詠唱も使えるけれど、魔力の消費量が跳ね上がるから勿体(もったい)ない。なにが起こるか分からない現場で、無駄なことはすべきでないと恥を捨てる。――フェンリルは私たちを見据(みす)えながら大きな口を開け雄叫(おたけ)びを放つと、ゆっくり後ずさりし体をくるりと反転させて、深い森の奥へ消えて行った。

「聖女さま！」

驚いた顔で騎士団の指揮官さんが頭を下げた。雄叫びによる余波で苦しんでいた人たちに魔術が効いたようで、耳の痛みが和らいだようだ。あとフェンリルが逃げたことによって緊張から解放され、安堵(あんど)の息を吐いている人たちが多かった。

「申し訳ありません、合流が遅くなりました」

頭を下げた指揮官さんに謝罪をすると、彼は不思議そうな顔で私を見下ろす。

「いえ。しかし聖女さま、何故こちらに？」

指揮官さんは殿下方の護衛という大役で、黒髪黒目の私に気付いていなかったようだ。

「説明はあとで行います。今は騎士団と軍の皆さま方の立て直しを。——逃げたフェンリルを追うのか、一度王都に戻るのかを考えましょう」

皆の士気は折れていない。ならば魔獣の打倒は可能だろうと前を向く。さて、この場に留まる選択をした場合、みんなを守りながらどこまでできるやら。そう独り言を呟いて、私の側に戻ってきたジークとリンに顔を向ける。

「ごめんね、ナイ。一回で決められなかった」

リンが私の側へとやってきて、犬耳と尻尾を垂らしているようにしょぼんとした顔を見せる。残念がる必要なんてないし、軍や騎士団の方々が手古摺る相手に一撃を与えたのだから文句なんて誰も言えない。

「ううん。片方の視界を奪えたから十分だよ。リンに怪我がなくて良かった」

生き物が五感から得る情報は、視覚が一番多くを占めている。狼の視界は三六〇度あるらしく、単純に考えると半分に減ったのだ。死角から攻めれば、有利に運ぶだろう。だからリンの行動は決して無駄ではない。眷属の狼もフェンリルにつられ森の奥へと消えていた。小物の魔物が逃げまどっているが、人間を気にする様子はなく我先に安全な場所へと逃げようとしているから放置で構わない。

「だが、どうする？　魔獣退治は難しいと聞くが……」

沈黙が下りていたせいなのかジークが問うてきた。数少ない討伐報告例も特出した力を持った人が倒すことが多く、軍と騎士団の間で攻略法を見出せていない。

「どうにか学院の生徒と教諭方だけでも逃がし、討伐部隊を再編させたいところですが……我々が一緒に戻れば魔物たちを王都に引き付ける可能性もあり、下手をすればフェンリルまで呼び寄せます。できるなら森の中で倒したい」

「その意見に、我々も賛成です」

いつの間にか近づいてきていた騎士団と軍の指揮官が、森の奥へと逃げたフェンリルを気にしつつ、苦悶の表情を浮かべて隣に立っていた。

「殿下や他の方々は？」

気にかける余裕がなかったので聞いてみる。殿下たちはもちろん、他の人たちも怪我なく無事であろうか。

「後ろに下がっていただきましたが、いまだゴブリンをはじめとした魔物がウロウロしており、単独で避難させるには危険です――」

答えてくれた指揮官さんの言葉と同時に後ろを見ると、特進科のみんなが団子状態で固まっていた。

「――彼らに護衛の人数を割き、魔獣が戻ってきた場合は我々がやられてしまう可能性が上がります」

殉職者は出したくないだろう。被害が大きければ大きいほど遺族に対しての弔意や隊の再編、やることが多くなってしまうのだから。

「我々と一緒に行動していただくしかないのですね……」

私は特進科のみんなから指揮官さんたちへ顔を向け直す。危ないけれど、時々小物が彼らを襲っているだけだ。ソフィーアさまとセレスティアさまが指揮を執りながら生徒を鼓舞して無難に倒しているので、今のところ問題はなさそうだが……長時間となると難しい。

「そう……なりますな」

「……申し訳ありません、聖女さま」

私に負担が掛かることを考えてだろう。騎士と軍の指揮官たちは申し訳なさそうな顔を浮かべている。

「いえ。被害が大きくなってしまう前にカタを付けましょう」

殿下たちの警備に人数を割かなければならないし、フェンリル討伐の人員も割かなければならず采配が難しい。一番望ましいのは学院生を王都へ送り届けて、軍と騎士団、そして魔術師団の手練を引き連れてフェンリル討伐部隊を編成する方法だ。今の編成は王都近郊の弱い魔物しか出ない森を想定して、警備計画を立てているはず。今年は高位貴族が多く在籍しているので、人数が多めに配備されたようだけれど、フェンリル討伐戦を想定したなら軍と騎士団と魔術師団、そして教会の聖女さまたちで全力を尽くした大規模編成となる。

「軍と騎士団の方々に怪我を負った方はいらっしゃいますか？」

戦力が欠けるのはいただけない。まずは負傷者に手当てを施して少しでも動ける人を増やしておかなければと、指揮官さん二人に視線を合わせる。

「幸いにも死んだ者はいませんし、軽い怪我を負った者ばかりです」

「この先を考えると、聖女さまには魔力を温存していただきたい」

重傷者もいないようで、我慢ができる範疇らしい。ならば余計なことはしない方が得策だと彼らの指示に従う。部隊の再編は指揮官の方たちに任せておけば良い。気の抜けない状況だけれど、フェンリルが一度森の奥へ消えたことは幸運だった。こうして作戦を練ることができ、怪我の治療や役に立てない人は後ろに下げることができるのだから。

「魔術師に空へ魔術を放ってもらいましょう。運が良ければ王都の誰かが気付くかと」

「ならば早馬も念のために出しませんか？　現状だとフェンリルを倒すには難しい戦力です。時間は掛かりましょうが、増援がくるなら取れる手段が多くなります」

森の外まで辿り着けば騎馬で移動が可能だ。足の速い人ならば、森の中まで一時間かけた道のりも随分と短縮できるはず。悪い手ではないし、増援が見込めるならば有難いと指揮官さんたちの言葉に頷いた。一通りの打ち合わせが終わり小さく息を吐くと影が差す。

「――失礼する。私たちも協力できることはないだろうか？」

「生徒たちを纏める必要もありましょう。お手伝いできることがあれば、なんなりとお申し付けを」

ソフィーアさまとセレスティアさまがタイミングを見計らい、軍と騎士団の指揮官さんに声を掛けた。殿下が生徒に指示をしてくれれば一番良いけれど、まだ呆けたままだ。でも正気に戻った殿下に出しゃばられても困る。指揮官さんたちはソフィーアさまとセレスティアさまに生徒たちを引率してほしいこと、教諭陣との橋渡し役をお願いしていた。

今から魔物を避けつつ拠点にいる方たちと合流し急いで森の外に出て、生徒と教諭陣を王都まで送り届け、残った軍と騎士団でフェンリルが森の外へと出ないように監視。王都からの増援を待ち討伐に向かう算段だ。王都の軍と騎士団やアルバトロス王国上層部の判断次第だけれど、そうなる可能性が高いって。

――フェンリルの遠吠えが森に響く。

……仄暗い狂気を孕んだような、恨みをふんだんに込めたような鳴き声だ。フェンリルの異様に低い声を聞いた人たちの間で不安が走った。

「……嫌な感じ」

ぼそりと心の声が漏れてしまった。周囲に心配をかけないために、不安を掻き立てるような言葉は口にしない方が賢明なのに。

「ナイ。大丈夫、まだ頑張れる。ナイがいれば私たちはどんな状況でも切り抜けられるから」

「リン」

耳聡く私の言葉を聞き取ったリンとジークが、私の真横に移動した。

「ああ、諦める状況でもない。選択肢はまだある。最善を選べば俺たちの勝ちだ、ナイ」

「ジーク。諦めちゃ駄目だよね。弱音を吐く暇なんてないんだし」

軍と騎士団が再編されると共に教会にも声が掛かるはずだ。フェンリルと相対した聖女として引っ張り出されるのは確実だし、隊長さんたちを始めとした知り合いも駆り出される。顔見知りの訃報なんて聞きたくないし、中途半端に投げ出して王都で吉報を待つのは性分ではない。頑張ろうとジークとリンと私で、グータッチをしようと右拳を出したと同時。

どこかの木が倒れる音が聞こえた数瞬後、短い猛り声が森の中に響く。フェンリルの鳴き声だと悟り、警戒態勢を取って周囲を見据える。ごくり、と誰かが唾を呑む音が聞こえ、剣を抜いて構える音が響き……緊張が最大に達する。

「上っ！」

誰が叫んだのかは分からない。言葉通りに顔を上げると、黒い靄に身を包んでいるフェンリルが、私たちを目掛け凄い勢いで降りてくる。不味い、間に合うか……！

――〝目覚めは明日の腕の中〟

口に出して唱える暇はなかった。体の中の魔力を乱暴に練って、ありったけ注ぎ込む。

――〝堅牢たる父よ、皆を守り給え〟

数メートル先の空中へ展開した障壁にフェンリルは鼻先を突っ込み、甲高い声を上げて痛みを耐えながら、猫のように体を捻って地面へ脚をつけた。フェンリルは私たち一団と距離を取り、頭を低く下げて低い唸り声を上げながら予断なく獲物を見据えている。

「……あ」

緊張した状況なのに間抜けな声が自身の口から漏れた。公爵さまから頂いた魔術具の指輪が割れてしまった。私が大量の魔力を制御できないことを案じた公爵さまが、魔術師に魔力を制御する魔術具を依頼して、作ってくださったものなのに。あとで謝らなければと頭の片隅に置いておく。

「聖女さま……？」

無詠唱で障壁を展開したことに周りの人が気付いて動揺が走った。フェンリルから身を護れたけれど、私の魔力がどれだけ減ったのか気になって仕方ないのだろう。それほどに無詠唱だと魔力を消費してしまう。ジークとリンは状況が状況ゆえに声には出さず、神経を研ぎ澄ましていつでも抜刀可能な状態で油断なくフェンリルと相対していた。

周囲の人たちを勘違いさせたままなのは申し訳ないが、私の体内で生成される魔力を制御する魔術具が壊れたので、魔力が枯れる心配はなくなった。問題は、私の身体がどこまで持つか……。

「狂化……している、だと！」

「冗談だと、誰か言ってくれ……」

軍や騎士団の方から絶望の声が上がる。そりゃそうだ。先ほどよりも討伐難易度が格段に上がってしまったのだから。黒い靄を纏い狂化したフェンリルを倒すには現状の戦力では足りないし、後退するにしても死者が出る可能性が高くなった。魔獣の出現で士気低下を心配していたけれど、日々の訓練や彼らの軍人として騎士としての矜持で保たれていた。それなのにフェンリルが狂化したことで保たれていた平常心が折れかけている。舌打ちしたい気持ちを抑えて、長い息を吐いた後、一気に息を吸い込んで腹に力を入れた。

「恐れないでください！　殿はわた――」

越権行為甚だしいが、私が殿で障壁を張ってフェンリルの攻撃を凌ぎながら後退するくらいしか、全員無事に戻る方法がないと口にしようとして声が被る。

「――アリスっ！　出ては駄目だ！」

第二王子殿下が耳をつんざくような声を上げ、無意識に伸ばした彼の手がヒロインちゃんを掴むことはなく。

「大丈夫だよ、ヘルベルトさま！　あたしだって魔術を使えるものっ！」

殿下や側近二人の制止を押し切ってヒロインちゃんがフェンリルの前へと走ってくる。この状況で学院生が前に出るなんて誰も考えておらず、彼女を止められる人がいなかった。

「痛いよねっ！　苦しいよねっ！　でも、大丈夫。あたしが助けてあげるから！　さあ、心を開いて！」

足が速いのか誰も彼女に追いつくことができないまま、ヒロインちゃんは両手を広げてフェンリルの前に立った。

「死にたいのか！」

「馬鹿なことをっ！」

指揮官二人が頭の血管が切れそうな勢いで、語気を荒げた。

「逃げろぉおおおお！　アリスぅぅぅうう!!」

殿下の裂けるような声が響くと、痛みから立ち直ったフェンリルが彼女を一瞥して咆哮。見ているしかないのかと、数瞬後に訪れる光景が脳裏に浮かぶ。誰も動けない中、ジークとリンが一気にフェンリルへ詰め寄ると、リンがヒロインちゃんの首根っこを掴み、ジークは地面すれすれに走り抜けてフェンリルの怪我を負った脚を目掛けて切りかかった。

フェンリルは同じ手は通用しないとばかりに、大きく一歩後退してジークの剣戟を避けて鳴いた後、後ろ脚の力だけで大きく跳躍。上空からジークへ襲撃を試みる。彼もむざむざとフェンリルの一撃は受けまいと、体勢を一瞬で整えて剣を後ろへと引きタイミングを見計らう。彼の手助けをと思考を巡らせるが、どの方法も時間が足りない。結局、歯噛みしながら見ていることしかできないまま——刹那、ジークが私の視界から消えた。

「ジークっ！」

「兄さん！」

彼の名前を叫んだ瞬間、ジークが地面に勢いよく叩きつけられ肺から空気が漏れる音が響くと、リンがヒロインちゃんをこちらへとぶん投げた。状況から察するに、ジークがフェンリルの脚力に負けて、数メートルの距離を吹っ飛んだのだ。

「女子生徒の回収をお願いします！　――ジーク！　起きて、逃げてっ！」

地面を蹴ってジークの下へ駆ける。私より先にジークへ辿り着いたのはリンだった。ジークの体を起こして、彼の腕を肩に回して立ち上がる。フェンリルの標的はジークに固定されていて、ヒロインちゃんを始めとした生徒たちと軍や騎士団の方々には目もくれない。

「――〝目覚めは明日の腕の中〟〝堅牢たる父よ、彼の者を守り給え〟」

ジークとリンの下へと走りながら、二人を守るために悲鳴に近い声で詠唱して障壁を展開する。

綺麗事は言えない状況に陥ってしまった。全員生還を望んでいたけれど、私はジークとリンの生存をなによりも優先させる。私は一度死んだ身だから、今を生きていることにそう価値を見出していない。でもジークとリンには未来がある。貧民街で辛い思いをしながら生きてきた記憶を打ち消す未来が訪れることを心から願っている。

「リンっ、ジークと一緒に下がって！　私が障壁を張ったままフェンリルを引き付け――」

リンとジークの下へと行き、言葉を告げる途中で誰かが間に割って入った。

「――聖女さま、障壁を張るタイミングを合わせてくださいね！」

その声の主が魔術詠唱をすると周囲に魔力が満ちる。フェンリルのでも私の魔力でもない第三者の魔力。ざっと足音を立てて私の横に立ったのは、銀色の長い髪を靡かせて、アルバトロス王国魔術師団に所属している証である紫色の外套を纏った細身の男性だった。あれ、と既視感が走るけれど、猛々しい大量の魔力とタイミングを合わせろという声を優先すべきだと頭と心が叫んでいた。

彼の足元に浮かんだ大きな魔術陣は、発動される術の威力を示しているのだから！　彼は慣れているのか、流暢に魔術詠唱を一節、二節、三節と増やして、発動威力をどんどん高めていく。

「――〝一条の光となり、降り注げ〟〝彼の者を貫き、絶命させよ〟」

男性が四節目、五節目を唱え終わると術が発動した。私も間を置かず詠唱を始める。

「――〝風よ、強固なる風よ〟〝我らを害する者から阻み給え〟〝安寧を恵み給え〟」

彼の詠唱内容で強大な威力を放つというのは分かる。タイミングを合わせろと告げた真の意味は、周囲の被害を最小限に留めてほしいという無茶な要求。私の専売は防御系の魔術。ならば、と彼と同様に魔力を練り、教会で教えてもらった最大級の障壁を展開したのだった。

――時の流れが遅くなる。

本当は一瞬だったのかもしれない。魔力を多く消費しているためか、本来の時間と自身が感じる時間に齟齬が生じているようだった。

「なんて威力だ！」

「二人は本当に人間なのか!?」

指揮官さんたちは魔術の強大さに驚いていた。顔がはっきりと見えるし、唖然としている声も確り耳に届く。チビで小柄で黒髪黒目なんて珍しいけれど、そこらにいる普通の人間だよと笑みが零れる。隣に立って嬉々として魔術を発動させている銀髪の不審者さんはどうだか知らないけれど。変態であることは確実かな。魔術師だし。

「……凄い魔力だな！」

「なんと、美しいのでしょう……！」

ソフィーアさまとセレスティアさまの声も少し離れた場所から聞こえた。魔力の奔流に驚きながら、殿下たちを背に庇っているけれど、果たして彼らにその価値があるのだろうか。まあ、良い。彼女らは貴族として殿下を守らなければならないし、私も聖女としてならば彼らも守るべき対象だ。

お二人は銀髪の不審者さんが放つ魔術に目を奪われ、巨大な魔術陣に見惚れているようだった。この場にいる特進科の人たちも、不審者さんの魔術に驚きながら、幾重にも展開している荘厳な魔術陣に見惚れている。私は彼の横で障壁を展開しているだけで、目立っていない。

「ナイ！」

「ナイ、頑張って！」

ジークとリンの声も確りと届いた。ありがとう、いつも側にいてくれて。一人の時間が寂しいのは前世で身に染みていた。仕事からアパートに戻って、暗い部屋に『ただいま』と言葉を投げても答えてくれる人はいない。死んだ私を引き取る人もいなかっただろう。そんな時は無縁仏として役所で処理されるらしい。自治体によるが、火葬場で最低限の経を坊さんが上げてくれて二十万円で処理が済むのだとか。税金で賄われることは申し訳ないが、死んだならせめて人として最後を迎えたい。

ジークとリン、残り二人の孤児仲間とは血の繋がりなんてない。彼らに『今生きているのはナイのお陰だ、ありがとう』と告げられるけれど、感謝を述べなきゃいけないのは私の方だ。最底辺の環境で仲間がいなければ生きようとしなかったし、聖女としてちゃんと振る舞うことなく適当に生きるはずだ。彼らがいるから、今の私が在る。多分きっと、本当の家族よりもなにか濃いもので繋がっていて、随分と簡単に手放せた前世とは違い、こんなところで大事なものを失う訳にはいかないと歯を食いしばる。

今まで五節分の魔術を発動する機会はなく、初めて使った。ごっそりと魔力を消費したけれど、銀髪の不審者さんは魔術を放ち続けている。なんつー馬鹿魔力と口の端が歪に伸びる。魔術詠唱を終えているのに魔力消費が止まる気配がない。こうなれば気合だけが頼りで、ヤケクソだった。

「っ……ぁぁああああああああああああ！」

私の口から咆哮が漏れていた。銀髪の不審者さんがちらりと横目で私を見て、口元を伸ばす。彼は、私の限界を探っていたのだろうか。腹の立つ人だが彼がこの場にいなければ、フェンリル打倒は叶わなかった。――時間が進む。

やっぱり腹が立つから、あとで文句の一つでもつけないと。強力な攻撃魔術はフェンリルを包み込み、肉体を霧散させていた。最後の悪足掻きなのか、フェンリルが消えた影響で強力な衝撃波が周囲を襲う。側にいるだけで大怪我どころか死んでしまうレベルだ。被害がでないように私は別の魔術を詠唱して、戸惑う人たちの前に障壁を展開。魔力が更に減ってしまったが、魔術具が壊れたお陰で限界はまだ少し先。

「ああ、やはり高威力の魔術を撃ち放つのは気持ち良いっ！」

消滅したフェンリルを見ながら両手を広げて喜んでいる銀髪の不審者さんを横目に、私は安全を確認した後、クラクラしている頭を何度か振って気合を入れる。フェンリルが消えた場所から離れ、ジークとリンの下に駆け寄ってジークに治癒の魔術を施した。その間に不審者さんの下に軍と騎士団の指揮官が集まってなにか話している。「副団長！」と大きな声が聞こえたけれど、私はそれどころじゃない。

「ジーク、大丈夫？」

ジークはリンに支えられていた体を離した。

「ああ。大したものじゃない……すまん、迷惑を掛けた」

ふう、と息を吐いて無事でなによりだと、なんとも言えない顔をしているジークを見た。顔色は悪くないし、呼吸も落ち着いている。ぺたぺたと体を触って骨が折れていないかの確認も忘れない。普段なら異性の身体を無暗に触るものではないと注意を受けるが、治療行為なのでノーカウントだ。

「気にしないで。仕事でもあるからね」

「ナイ、兄さんは大丈夫なの？」

側にいて様子を窺っていたリンが私の服の裾を摑みながら問うてきた。ジークの怪我はさほど心配するものじゃないし、王都の宿舎に戻ったら念のためにもう一度治癒を施すと伝えると彼女は安心した顔を見せ、彼はなにも言わないまま呆れた顔を浮かべていた。

「ナイ、ありがとう。またナイに助けられた」

ぎゅっとリンの両腕が私の腰に回る。

「ううん。私も二人にいっぱい助けてもらったから。ジーク、リン、ありがとう」

私は攻撃面では役立たずだし、体力が備わっていないから二人に劣る。確りと三人で頷き合うと、リンの手が腰から離れてお互いに笑う。

——また三人でグータッチ。

さて、脅威は去ったから、あとは王都に帰還するだけかな。その前に怪我人の治療を施さなければ。聖女と名乗ったのだから仕事をしないと責任放棄である。銀髪の不審者さんは指揮官さんたちと話しているから、あとでお礼と苦言を告げれば良い……と、その前に。

くるりと踵(きびす)を返して、ぼーとしたまま地面にしゃがみ込んでいるヒロインちゃんを視界に入れる。彼女を捉える目が厳しいものになり、顔が歪んでいくのが自分でもはっきりと分かった。

地面を蹴って歩き出す。目指すはヒロインちゃん。危険な行動を取ったせいか、彼女を見る周りの目が厳しいものに変わっていた。合同訓練が始まってから殿下たちのお気に入りというのは周知の事実となっていて、黙って睨みつけるのが精一杯のようだけれど。そんな軍や騎士団の方々と生徒たちを尻目にしながらヒロインちゃんの下へと辿り着く。

「メッサリナさん、どうしてあんな危ない行動を?」

私の声のトーンがいつもより下がっていた。

「だって……だってゲームだと……ゲームじゃあ、あたしは聖女として覚醒するんだよ？」

ゲーム……この子はなにを言っているのだろうか。地面にしゃがみ込んだままフェンリルが消滅した場所を見つめて、私のことなどお構いなしだ。目の焦点も合っておらず、ゲーム、ゲームと言葉を繰り返していた。彼女がこの状態ではお話にならないと、握り込んでいた右手を開いて肩の後ろへ回し、体の重心を後ろに向けた。左手はヒロインちゃんの胸倉に。この時ばかりは身体強化魔術を自分に施せないことを心底後悔する。

――ぱん！

乾いた音が森の中に響く。体重が軽く威力はイマイチだったけれど、ヒロインちゃんの意識を私に向けることは成功した。叩かれた頬に片手を当てて彼女はようやく私を見た。

「メッサリナさん。逃げること、壊れることなんて許さないから」

ヒロインちゃんの勝手な行動でジークを危険に晒したことは許せない。ヒロインちゃんを放っておけば自滅していたという声が上がるだろうが、それに耳を傾ける気はない。ジークとリンは教会騎士として、窮地に陥った平民を助けようとしただけだ。たとえヒロインちゃんの勝手な行動だったとしても、誰かの命を守る行為は正しく騎士の務めでもある。

呆けた顔で私を見るヒロインちゃんと確り視線を合わす――あれ、なんだろうこの感覚は。彼女に向けていた『怒り』の感情から一瞬『無』になった気がした。感じた違和感を打ち払おうと頭を振ると、誰かが近づく気配を悟って意識がそちらへ向く。

「貴様っ、アリスに酷いことを！」

いつの間にかヒロインちゃんに駆け寄った第二王子殿下と他四人が、私に厳しい顔を向けながら叫んだ。

「殿下、彼女が大切であるのなら、貴方の腕の中に閉じ込めてください。わたくしが酷い言葉を投げた理由は、彼女の身勝手な行動でこの場にいる方々を危険に晒したことです」

物語の王子みたいに腕の中で守れば良いのに。婚約者を放り出して、ヒロインちゃんを庇い大事な存在だと主張するのであれば、王城の一室で大切に匿(かくま)っておけば良かったのだ。最低限の生活は送れるし、殿下たちが甘やかしてくれるから不便はなさそうだ。

そんな生活、私なら御免であるが。

彼女の勝手な行動のせいで騎士や軍の人に被害があれば、その責任は誰が取るのか。殿下たちは取らないだろうし、ヒロインちゃんが取れるはずもない。不用意な被害を出した責任は指揮官へと下る。ちゃんと仕事をこなしている彼らに責任を押し付けるのは理不尽だ。

「……！」

殿下が私の言葉に続けなかったのは、言葉通りに腕の中にでも閉じ込めておきたいからなのか。学院でこんな態度は許されないけれど、今の私は聖女として現場に立っている。これ以上は彼らと言い合いをするつもりはなく、軽く頭を下げて踵を返し指揮官さんの所へ戻る。殿下たちは、監視の目があるから妙な行動は取れないだろう。

「聖女さま、この度はご協力感謝致します」

だん、と音を立てながら足を揃えて、騎士団と軍の指揮官さんたちが私に向けて敬礼をした。最大の脅威は去り、フェンリルの暴走に逃げまどっていたゴブリンや小型の魔物の姿は見えない。眷属である狼も姿を消して、森の中は静けさを取り戻していた。

「いいえ。わたくしだけでは魔獣を倒すことは叶いませんでした。倒すことが難しいとされているフェンリル討伐は、皆さまのお力で実現したのです」

私は指揮官さんたちに告げながら、細い目を更に細めて私を見ている正体不明の彼へ視線を向けた。特徴的な紫色の外套を纏っているから、魔術師団所属の方だと分かる。どうしてそんな人が……銀髪の不審者さんがわざわざ教会に赴いて私と接触を図ったのか。私と接触したことも謎だけれど、彼が初手から姿を現していれば現場が混乱することはなかった。それに気が付くと腹が立ってくる。立ってくるけれど、フェンリルを倒したこと、ヒロインちゃんを引っ叩いたことで怒りの熱は引いている上に、彼の身分は私より上なことは確実で正体不明である。冷静になって周囲も見えているので、結局私は彼に文句を言えず仕舞いだった。

「初めまして……ではありませんが名乗るのは初めてですねえ、聖女さま。アルバトロス王国魔術師団副団長、ハインツ・ヴァレンシュタインと申します。以後お見知りおきを」

銀髪の不審者さん改め、副団長さまは右手を軽く左胸に当てて小さく礼を執る。

「アルバトロス王国教会所属、ナイと申します。この度は助けていただき感謝致します」

私も彼に倣(なら)って名乗った後、聖女の礼を執った。

「いえいえ、お気になさらず。全力を出せる機会なんて滅多に訪れないので、感謝するのは僕の方ですよ。久方ぶりに高威力の魔術を放って随分と気が晴れました。いやはや、聖女さまのような逸材に今の今まで気付かなかったのは失態でしたねえ」

ご機嫌な様子の銀髪の不審者さん。いけ好かない人だと叫びたい気持ちを抑えながら、これから先の未来で彼と関わることは、この時点で……いや、教会で初めて出会った時から確定していた。

エピローグ

——フェンリルの脅威は去った。

フェンリルが残した魔力の残滓（ざんし）と、ハインツ・ヴァレンシュタインと名乗った銀髪の不審者さん、もとい副団長さまの魔力の残滓に私の魔力の残りカスが森の中に充満していた。これらは時間が経てば魔素（まそ）となって周囲に溶け込むだろう。

軍や騎士団の方たちは、第二王子殿下やソフィーアさまとセレスティアさまに現状報告とこれからの予定を告げるために集まっていた。私は彼らと少し離れた所で安堵（あんど）の息を吐く。ふいに影が落ちると、ジークとリンが私の隣に立っていた。

「ナイ」

「ナイ」

そっくり兄妹（きょうだい）の声が重なり、私の名を呼ぶ。

「ジーク、リン。お疲れさま。——もう直（す）ぐ出発かな」

ジークとリンの服が泥だらけでボロボロだ。でも、頑張った証（あかし）だから胸を張れば良い。教会宿舎へ戻れば報告書と格闘しなきゃならないけれど、私は聖女として現場に立ち、ジークとリンも教会騎士としてフェンリルにダメージを与えたのだ。臨時収入があれば嬉しいなあと、王都の方角を見る。

「多分、な」

「もう少し掛かりそう」

ジークとリンが私の言葉に答えてくれた。森の広場の拠点に戻り、残っている生徒や教諭に他の軍や騎士の人たちと合流して、森を一時間ほど歩かなければならない。残りは馬車移動なので、せめて森の外までは頑張って意識を保たなければ。

「大丈夫か？」

「ちょっと眠いけど、平気」

ジークの問いに答える。これで駄目とか言っちゃうと、リンが私を抱えて戻る羽目になるので絶対に口に出せなかった。私はジークとリンの体調を確認しつつ、フェンリルが消滅した場所を見る。

どうして比較的安全な森に魔獣が現れたのか、どうしてフェンリルは脚に怪我を負っていたのか、どうして狂化したのか分からないことだらけ。途中、ヒロインちゃんが前に出なければ、無難に倒せていたかもしれないが、今更彼女に文句を言っても状況が変わる訳はなく……。

軍と騎士団の方たちに大きな怪我を負った人はいない。この場にいる特進科の生徒も無傷だ。一番ダメージを負っているのはヒロインちゃんだろう。今は殿下たちに守られているが、いつもの元気がなかった。軍や騎士の方たちの指示を無視して、フェンリルの前へ勝手に進み出たことはあとで問題視される。そして殿下たちを誑(たぶら)かしたことも。彼女の処遇がどういうものになるのかは、アルバトロス王国上層部の判断次第だ。彼女に甘い処分を下せば、被害を被(こうむ)った軍と騎士団から反発が起こる。第二王子殿下もヒロインちゃんの勝手な行動を咎(とが)めなかったので、その点も突き上げられる可能性が高い。

討伐困難とされているフェンリルに止(とど)めを刺した副団長さまの評価は上がるかなあ。……腑(ふ)に落ちないけれど。彼と私が初めて会った時から目を付けられていたので、なにか目的があるのかもしれない。彼の細い目の奥でなにを考えているのか、全く読めないのが問題である。

ただの学院行事だったのに、大事(おおごと)に発展したなあと溜め息が漏(も)れた。――それぞれには立場があり、求められる振る舞い方がある。第二王子殿下はアルバトロス王国の王子として。ソフィーアさまとセレスティアさまはアルバトロス王国の貴族として。ヒロインちゃんはアルバトロス王国の平民として。ジークとリンは騎士として。私は聖女として。

ヒロインちゃんは平民として逸脱した行動を取った。第二王子殿下も王族なのに婚約者さまを無下にし、ヒロインちゃんに現(うつつ)を抜かした。殿下に連なる四人も同じだ。その代償がどんなものになるかは、今はまだ分からない。

ソフィーアさまとセレスティアさまも、彼らとの婚約関係を続けるか白紙に戻すか破棄するかの問題もあるだろうし。

他の方に説明を終えた指揮官さんたちが私の下へとやってきた。

「聖女さま、拠点に戻り他の者たちと合流後、王都への帰途に就きます。参りましょう」

その声に頷いて、ジークとリンと私は三人一緒に歩を進める。問題は山積みだけれど、今は無事に生き残れたことに感謝して王都に戻ろう……と。

書き下ろし特別編
▼まだ幼さが残る頃
Newly written
special episode

――まだ、きっと……騎士と聖女として覚悟も矜持もなかった頃だ。

教会に保護され、遅れて仲間も保護されて少し時間が経った。教会孤児院の生活は随分と質素だけれど、雨風を凌げて寝込みを襲われる心配もなくご飯も三食きっちり出され、貧民街暮らしが長かった私たちには有難い環境だ。聖女候補として、シスターと先任の聖女さまたちから教えを受けるようになって五ヶ月。覚えることが沢山あって大変だけれど、充実した日々を送っている。残念なのは、仲間と一緒に過ごす時間が減ったこと。貧民街にいた時のように、一緒に徒党を組むことはなくなり個人の時間が増えた。

今日は聖女の勉強もなく、ゆっくり過ごして明日に備えなさいと神父さまに告げられ、孤児院にある大部屋の私に与えられたベッドの上で読み書きの本を読んでいる。

独学で文字をどうにか覚えようとしたけれど、知識がないから上手くいくはずもなく。手習いの本が自由に読めるのは有難いなと、頁を捲って頭の中に刻み付けていると不意に気配を感じて顔を上げる。そこには見知った顔の四人の姿。読んでいた本を静かに閉じて膝の上に置くと、四人と視線が合う。

「ナイ」

「少し話がある」

私が貧民街に居付いて一番初めに出会った気の強そうな少年が私の名を呼び、数年遅れて仲間となったジークが神妙な顔で言葉を口にした。二人の後ろには少し気の弱い男の子とリンの姿が。珍しく真剣な雰囲気を醸し出し、彼らはベッドに座る私を見下ろしていた。

「ん、分かった。――寒いけれど、外に出ようか」

仲間内で真剣な空気が漂うのはどうにも落ち着かない。真面目だったり真剣な空気が張り詰めるのは、命に危険がある時やヤバいことが起こっている時だったから。肩を竦めながら笑って雰囲気を誤魔化してみるけれど、彼らの面持ちは変わらず。

ああ、これはなにかあると悟り、日がな一日を院内で過ごす他の子たちに聞き耳を立てられないように孤児院の小さな庭へみんなで移動する。寒い日なのに庭で遊んでいる子がいるけれど、誰も私たちのことを気にしていない。孤児院の限られた場所で個人的な話をするには、庭の片隅が一番適していた。

「俺たちはお前だけに頼っていられない！　まだ時間は掛かるけど、ぜってえちゃんと稼ぐようになるからな！」

だから孤児院が紹介する商家に弟子入りして働きながら独立できる道筋を立てるのだ、と一番初めに仲間となった彼が鼻息荒く誓いを立てる。ふと、考えが過る。彼らは、公爵さまと私が取引したことを知っているのだろうか。貧民街に住む十歳の子供がセーフティーネットに保護され、半年も経たぬうちに彼らがこんな誓いを立てるなんて。でも、彼らが自分の意思で決めた。貧民街の悪い大人に示唆された訳でもなく、孤児院の誰かに言われた訳でもない。先の見えない生活を送っていた彼らが、己の未来を考える機会を得たなら喜ぶべきだろう。

「俺は教会騎士になる。実力があれば便宜（べんぎ）を得られると、孤児院出身の騎士に聞いた」

ジークが落ち着いた声色（こわいろ）で告げた。孤児院出身の男の子で腕に自信があれば高確率で教会騎士になれるらしい。もちろん実力で所属や階級が決まるため、望んだ地位が手に入らず燻（くすぶ）る人もいるそうだが、彼なら心配はいらないだろう。孤児院に放り込まれて数ヶ月、食事事情が改善して身体（からだ）が確（しっか）りとしてきている上に、成長期に入ったのか身長も随分と伸びている。よく見れば、顔立ちは幼さが抜け、喉仏（のどぼとけ）も出てきているので声変わりももう直（す）ぐ迎える時期か。

「……孤児院で働くよ。僕たちと同じように困っている子を助けることができるはずだから」

声は小さいけれど、確りと私の耳に彼の気持ちが届いた。彼は仲間内で一番気が弱くオドオドしているが、周りをよく見ている優しい子だ。今だって、孤児院で過ごす仲間以外で困っている子を見つけ、どうしようと悩んでいることがある。彼に足りないものは、仲間内以外に声を掛ける少しの勇気だけ。

「兄さんと一緒に騎士になる……」

最後にリンが短く告げた。女の子が騎士の道を歩むなんて……。性差があるから、どうしても力で劣る女の人は不利だ。でも魔力が存在するこの世界では、覆（くつがえ）ることがある。少し前、仲間四人は教会で魔力測定を受けた。ジークとリンの魔力量は平均を超え、魔術師と聖女として期待されたけれど叶（かな）うことはなかった。二人は己の魔力を外に放出できなかったので、騎士適正を見出されている。そんなこともあって騎士の道を選んだのだろう。他の二人は騎士や魔術師を目指すには、厳しい魔力量だった。女の子だし、危ないから別の道を探そうと言いたくなる。でも彼女が自分で考えて導き出したなら、私が口を出す権利なんてない。——それなら。

「私も聖女として働くよ。似合わないけれどね」

肩を竦めて笑う。貧民街で日々取っていた行動を顧みると、聖女とは程遠いことをしていた。

「確かにナイに聖女は似合わねえな！」

商家に弟子入りを決めた男の子が歯を見せながら笑って告げる。

「知ってるよ。だから猫を被るために、百匹くらい集めなきゃ……」

聖女なんて性分じゃない。ないのだけれど貧民街から抜け出すには一番手っ取り早い方法で、私が取れる唯一の道だった。ふと、孤児院の職員になると決めた子と視線が合う。

「ナイに猫が百匹も集まったら潰れちゃうよ？」

私に猫が百匹集まっているところを想像して面白かったのか、彼は次第に笑顔に変わっていく。商家に弟子入りを決めた子も、ジークとリンもみんな一緒に笑って。良いタイミングかなと、右腕を突き出した。

「みんな、頑張ろうね。困った時はお互いに助け合おう」

貧民街ではいろいろなことがあったし、これから先も大変だろう。改めて口にすることではないけれど、私が彼らを見捨てることも裏切ることもないと知っていてほしい。

「ああ！」

商家に弟子入りを決めたクレイグの右腕が突き出され。

「そうだな」

教会騎士になると誓ったジークの……ジークフリードの右腕が伸びてきて。

「うん」

孤児院の職員になると希望を持ったサフィールの右腕が静かに出され。

「……ん」

兄と同じ道を歩み騎士になると誓いを立てたリンの……ジークリンデの右腕がゆっくりと伸び。

――五つの拳が視界に入る。それぞれ大きさも形も違い、ところどころに小さな傷がある。彼らが親の庇護下にいれば傷なんて付かなかったはずだし、貧民街で暮らすこともなかった。でも、そうはならなかった。だからこそ私は彼らと出会えた。貧民街では大変だったけれど、四人が生き残れたことを喜んで……こつんと拳をぶつけ合う。私たち以外の誰かが聞けば、取るに足りない子供の言葉。でも私たちには、誰にも恥じず己の道を歩いて行こうと誓った言葉だった。

それから一ヶ月後。私は早々に聖女となった。十歳という年齢で聖女の座に据え、きちんと成果をもたらせるのか疑問視されたが、教会上層部とアルバトロス上層部から押し切られたらしい。商家へ弟子入りすると決めた子も孤児院で働くと決めた子も、必要な知識を得るべく勉強している最中だ。ジークとリンは孤児院出身の騎士さんや公爵さまの部下にしごかれている。

今も教会騎士の訓練場で大人の中に交じってジークとリンが稽古していた。私は聖女の地位を都合よく利用して、柵越しに見学させていただいている。

「ジークフリードくんもジークリンデちゃんも、頑張っていますねえ」

私の右横に立っているクレイジーシスターが顔を横に倒してにっこりと笑い、私の左横に立つ人も静かに笑って、小さな唇を動かした。

「ええ、本当に。魔力の流れを見ると、きめ細やかな動きをしています。噂(うわさ)に聞く通り良い騎士となるのでしょう」

黒い布で目隠ししている盲目のシスターがジークとリンを褒めてくれた。彼女はあだ名の通り目が見えず、失われた視力の代わりに魔力感知に長(た)けている。魔力の流れで生き物の動きが分かるそうだ。魔力に敏感で、私の大雑把(おおざっぱ)な魔力操作にもっと美しく繊細に魔力を扱いなさいと告げられるのだが、繊細な魔力操作の定義がイマイチ分からない。

「聖女さま、お願い致します！」

「はい！」

年若い騎士さまに声を掛けられ、柵の入り口から訓練場に足を踏み入れた。今日この場にいるのは、ジークとリンの様子を窺(うかが)いにきただけではない。魔術の練習として、訓練で怪我を負った人の傷を治しにきた。きょろきょろと周囲を見渡して、怪我の具合が一番酷(ひど)そうな人を探す。真っ先に治癒(ちゆ)を施(ほどこ)すべき人を見つけて歩き、その人の下にしゃがみ込む。

「ボロボロだね。ジーク、リン、大丈夫？」

訓練場の中で一番酷い状態だったのは、騎士見習いとしてしごかれている二人だった。

「平気だ。大したことはない」

「大丈夫だよ、ナイ。痛いだけだから」

地面に座り込んでいるジークとリンに魔術を施す。本当は二人ともっと話をしたいけれど、他の人にも対応しないと練習にならないので早々に切り上げた。怪我の酷い人たちの処置を終えて、付き添いの二人の下へ戻れば、なんとも言えない顔を浮かべ私を見下ろした。

「治癒の効果がまちまちですねえ、ナイちゃん。まだ場数が足りませんか」

「ナイさん、効果にムラがあるのは魔力を込める量が一定ではないからです。いつも言っていますが、魔術を扱う際は繊細に美しくが基本ですよ」

クレイジーシスターが笑い、盲目のシスターが小さく溜め息を吐く。二人とも綺麗な方なので、休憩中の教会騎士の男性陣が二人を凝視しつつ、肩を落とす私に苦笑いを浮かべていた。

それから討伐遠征以外の仕事を実地で経験しつつ、初めてお城へ赴いて障壁用の魔術陣に魔力を込めた。今日はお城で月に一度の魔力補填を行う日で、三回目となる。お給金を頂けるから有難いけれど、補填後は身体のダルさと気持ち悪さが襲う。今回も補填を終えてよろよろと部屋から出て直ぐ、付き添い役のクレイジーシスターと盲目のシスターの姿を見た私は、気持ち悪さに耐えられずゲロを吐いて気を失うのだった。

「……あれ」

目が覚める。何故、最近移り住んだ教会宿舎の自室のベッドに寝ているのかと、少ない脳味噌を動かす。ああ、そうか。お城の補填部屋から出て直ぐに気絶したのだ。お城の廊下をゲロ塗れにしたことも思い出して、怒られないか心配になってくる。

「ナイ？」

「リン。どうしてこっちに？」

寝ている私の顔を覗き込んだリンを見ると、彼女は腕で目を拭って安堵した顔を浮かべた。外は陽が落ちて暗くなっているから、随分と寝こけていたようだ。体のダルさと気持ち悪さは随分と薄れ、ベッドから体を起こして再度リンを見る。

「ナイが倒れたって聞いて、兄さんが院長先生にお願いして宿舎に入れてもらったんだ」

クレイグとサフィールも心配していると教えてくれた彼女の手が私の背中に回る。見習い騎士でしかないジークとリンは教会宿舎に入れないが、許可を取ったなら咎められることはない。リンがベッドサイドへ腰掛けて、機嫌を窺うように私と視線を合わせた。

「ナイ、大丈夫？」

「うん。補填に慣れるまで、倒れるのは普通だって教えてもらったから」

だから大丈夫と告げると、ぎゅっと私の腕にリンが腕を絡ませ、顔を私の肩に乗せて心配したと彼女が小さく呟いた。ごめん、と謝りそうになって口を噤む。謝っても、また倒れて心配を掛けるのは目に見えている。だから私は、泣くのを耐えているリンに腕を回して黙って抱きしめる。少しすると部屋の扉が静かに開いて、ジークが入るなり声を上げた。

「リン。あまりナイに負担を掛けるな」

「……ごめんなさい、兄さん」

小桶を持ったジークがリンに苦言を呈すと、彼女はそっと私から体を離した。ジークの様子がいつもと違うけれど、一体どうしたのだろう。私の体調を確認しながら部屋の机に小桶を置いて、水差しを手に取り口をゆすげとコップを差し出された。有難いので言われるままに、口をゆすぐと随分とすっきりして、お礼をジークに告げるとしかめ面を浮かべたままだった。

「ジーク、どうしたの？」

「……なにも」

ベッドサイドに腰を掛けてジークに声を掛ければ、ぷいっと顔を逸らされた。彼だって誰かに知られたくないことはあるはずだから、無理に聞き出しても仕方ないと息を吐けば、リンが理由を教えてくれる。ゲロを吐いた聖女の私を笑っていた人がいたことに怒っているらしい。確かに聖女という言葉がもたらすイメージからは程遠いが、補塡を務める聖女さまが必ず通る道であり仕方のないことだ。言いたい人には言わせておけば良いと伝えると、ジークは拳をぎゅっと握り、リンまで妙な面持ちになる。

「……どうしてナイが馬鹿にされなきゃならない。俺は嫌だ」

「私も嫌だ……」

泣くのを我慢して顔を歪めた双子の兄妹が声を上げて私を見下ろす。気にしなくて良いのにと立ち上がって、二人の手を握り部屋の小さな窓の側に立った。

「大丈夫だよ。ジークとリン、みんながいるから私は耐えられる。それにね――」

もしもジークとリンが聖女を担って同じ状況になれば、私と同じことを言うでしょう、と。そして私が騎士の座に就いたなら二人と同じように憤ると伝え。ジークとリンの手にできた肉刺に指先でそっと触れ、夜空に浮かぶ大きな二つの月っぽい衛星を窓から見上げる。

「ジーク、リン、見て。月……星が綺麗だよ」

黙ったままのジークとリンに苦笑いをしながら、三人でアルバトロスの夜空を眺める。教会に拾われたのは本当に運が良かった。そして公爵さまの庇護下に置かれたことも。今は未熟で頼りなく、大人の期待に応えられるかどうかは分からない。でも……四人と繋がっているなら、誰かに馬鹿にされても、殴られても平気だから。どんなことでも乗り越えて行けるから。握っているジークとリンの手に力が入れば、私のお腹が空腹を訴えてしんみりとした空気を打ち破るのだった。

あとがき

魔力量歴代最強な転生聖女さま〜以下略、を沢山の本の中から選んで頂き有難うございます！

以前から一次創作に挑戦したいと、話を頭の中で練り、ようやく外へと出力したものが本作（ウェブ版）となります。『小説家になろう』にて初めて公開し、運良く多くの方々に読まれ、運良く『第三回集英社WEB小説大賞』で賞を受け書籍化に至りました。

ウェブで気楽に作品を読み書きしていただけの私が、作業として最初にやることは担当さまとの打ち合わせとワードの購入からでした。ウェブに投げるだけならメモ帳で事足りていたのですが、高級品のワードさまに手を出すことになろうとは……。未だ十全に使いこなせておりませんし、打ち込みも縦書きではなく横書きで作業しております。ノベルゲームにどっぷり浸かった人間の末路なのでしょうね。縦文字は脳に入らない仕様となってしまいました。

担当さまとイラストレーターさまにも沢山ご迷惑を掛けたかと。勤め人なので、メールは即返信できずレスポンスが悪い、キャラクター設定に関してもっと登場人物をもっと深く掘り下げておき、イメージを確り（しっか）と持っておけば良かったと反省しております。反省すべき点、改善すべき点が多すぎて頭を抱えておりますが、関わってくださった方々のお陰で、一冊の本を世に出す奇跡を引き起こすことができました。本当に有難い限りです。

もし続刊が出せるなら、学院を起点にして登場人物がどんどん増えていく予定となります。

今巻では前世の経験と貧民街時代の経験を積み、周囲を様子見している主人公ですが、タイトルにある『魔力量』が起因し、いろいろと巻き込まれていくはずです。女性向けレーベルで出させて頂くことになったので、恋愛要素も付与されるかと思います。主人公に恋愛が自覚できる日がくるのか心配ですが、ジークと周囲の男性陣と未来の担当さまと作者が頑張ってくれるはず。気を抜くとリンが主人公を颯爽と掻っ攫っていくので、本気で男性陣は頑張ってほしいところでございます。

作者の私は双子とかのニコイチ、サンコイチが好きなので、どうしてもキャラがセットになって登場しがちです。ジークとリン然り、ソフィーアさまとセレスティアさま然り、好色戦隊も然り。そう考えると副団長さまは単品で異質なのですが、彼は今後どう行動していくかも気になります。

最後に、本作に関わってくださった担当さま、イラストレーターさま、ダッシュエックス文庫・Dノベルf編集部さま、出版社の皆さま、読者の皆さま。本当に有難うございました。文字でお礼を述べることしかできませんが、またご縁が持てることを切に願っております。

二〇二三年・四月吉日　行雲流水

挿絵を担当させて頂きました、桜イオンです。
あとがきには好きなキャラを描いても良いとのことでしたので、
最推しの副団長さまとナイを描かせて頂きました!!
(どのキャラも本当に魅力的で大好きなので、本編を描く
間中悩んでおりました….)
頭が切れるナイと、掴みどころのない副団長さまの組み合わせが
大好きです!! また彼女達と会える日を楽しみにしております

ダッシュエックスノベルfの既刊

Dash X Novel F 's Previous Publication

『時計台の大聖女は婚約破棄に歓喜する 1』

糸加

イラスト／御子柴リョウ

卒業パーティで王太子デレックから、突然婚約破棄を告げられたヴェロニカは、心の底から歓喜した。


「ヴェロニカ・ハーニッシュ！私はお前との婚約を破棄し、フローラ・ハスとの新たな婚約を宣言する！」「いいのね!?」「え？」「本当にいいのね！」

デレックは知らなかったのだ。ヴェロニカが本当の大聖女であること、フローラが大聖女を詐称していること。そして、自らの資質が試されていたことを。明かされる真実。幼馴染の第二王子から告げられる恋心。「ヴェロニカ、僕と婚約してくれませんか？」

大時計台を司る大聖女が崇められる世界の恋物語。運命の新たな歯車が回り出す――！

ダッシュエックスノベルfの既刊

Dash X Novel F 's Previous Publication

『未プレイの乙女ゲームに転生した平凡令嬢は聖なる刺繍の糸を刺す』

西根 羽南

イラスト／小田 すずか

刺繍好きの平凡令嬢×美しすぎる鈍感王子の焦れ焦れラブファンタジー、開幕!!

　転生先は――未プレイの乙女ゲーム!?平凡な子爵令嬢エルナは、学園の入学式で乙女ゲーム「虹色パラダイス」の世界に転生したと気付く。だが「虹パラ」をプレイしたことがないエルナの持つ情報は、パッケージイラストと友人の感想のみ。地味で平穏に暮らしたいのに、現実はままならない。ヒロインらしき美少女と親友になり、メイン攻略対象らしき美貌の王子に「名前を呼んでほしい」と追いかけられ、周囲の嫉妬をかわす日々。果てはエルナが刺繍したハンカチを巡って、誘拐騒動に巻き込まれ!?

ダッシュエックスノベルfの既刊

Dash X Novel F 's Previous Publication

『予言された悪役令嬢は小鳥と謳う～未来を知る専属執事に「君を救う」と言われました～』

吉高 花

イラスト／氷堂れん

「悪役令嬢」×「専属執事」

身分違いの恋の行方はいかに!?


「今から一年後、あなたは婚約破棄されます」

公爵令嬢アスタリスクはある日突然、平民の男ギャレットから婚約破棄を予言される。

最初は信じないアスタリスク。だが、ギャレットの予言通りに婚約者の第二王子フラットと男爵令嬢フィーネが親密になっていくことに驚き、信じることを決めた。

バッドエンドを回避するべく会うようになる二人。気がつけば、ギャレットはアスタリスクの「専属執事」と呼ばれるように。そして、迎えた婚約破棄の日。

二人は万全の準備で「いべんと」に挑むが、果たして……？

魔力量歴代最強な転生聖女さまの学園生活は波乱に満ち溢れているようです
～王子さまに悪役令嬢とヒロインぽい子たちがいるけれど、ここは乙女ゲー世界ですか？～

行雲 流水

2023年6月10日　第1刷発行

★定価はカバーに表示してあります

発行者　瓶子吉久
発行所　株式会社　集英社
〒101－8050　東京都千代田区一ツ橋2－5－10
03(3230)6229(編集)
03(3230)6393(販売／書店専用)　03(3230)6080(読者係)
印刷所　図書印刷株式会社

ISBN978-4-08-632012-2　C0093

作品のご感想、ファンレターをお待ちしております。

あて先

〒101－8050　東京都千代田区一ツ橋2－5－10
集英社ダッシュエックスノベルf編集部　気付
行雲 流水先生／桜 イオン先生